KB216409

트렁크

트렁크

초판 1쇄 발행 • 2015년 5월 29일
개정판 1쇄 발행 • 2024년 10월 25일
개정판 2쇄 발행 • 2024년 12월 19일

지은이 / 김려령
펴낸이 / 염종선
책임편집 / 김가희
조판 / 박지현
펴낸곳 / (주)창비
등록 / 1986년 8월 5일 제85호
주소 / 10881 경기도 파주시 회동길 184
전화 / 031-955-3333
팩시밀리 / 영업 031-955-3399 · 편집 031-955-3400
홈페이지 / www.changbi.com
전자우편 / lit@changbi.com

ⓒ 김려령 2015, 2024
ISBN 978-89-364-3466-3 03810

트렁크

김려령
장편소설

창비

차례

트렁크

7

1

　마지막 밤이다. 남편은 적당히 친절했고 적당히 거리를 두었다. 이런 남편만 만나면 직장생활 참 편하겠다. 오늘 낮에는 남편이 좋아하는 호가든 맥주로 김치냉장고 서랍칸을 채웠다. 깊이가 맥주 키와 꼭 맞는다. 남편은 온도를 김장김치 땅속보관 기능으로 설정해놓고 맥주를 무처럼 한병씩 뽑아 먹는다. 이 집에 온 첫날, 김치냉장고와 주방 선반을 가득 채운 술에 가슴을 쓸어내렸다. 온갖 잡스러운 술이 규칙도 없이 놓인 게, 알코올 중독자가 강박적으로 쟁여놓은 것 같았다. 내가 왜 이런 사람의 배우자 리스트에 올랐을까. 내 프로필이나 샘플 동영상에 친알코올 성향이라도 보였나. 징계를 받더라도 중도파경을 각오했다. 똥 밟았나보다. 술 먹고 헛짓하면 곧장 구조대에 연락할 심산으로 휴대전화를 끼고 살았다. 모의결혼도 없이 초혼을 일년이나 허가하는 회사 방침은 잘못됐다. 검증 안 된 초혼의 배우자와 살았던 동료 하나는 목숨이 경각에 달할 만큼 맞고 구조되기도 했다. 귀책사유가 남자에게 있어 환불이 전혀 없음에도, 중도파경 징계로 세달치 월급을 감봉당했다. 여하튼 천만다행으로 남편의 주정은 본 적이 없다. 술을 즐기지만 폭주는 하지 않았다. 취하면 자기도 모르게 술을 사는 희한한 주사가 있을 뿐이다. 그러면서 집에서는 가볍게 호가든만 마신다. 첫날 술에 놀란 것만 빼면 매우 순탄한 결혼이었다. 낮에는 짐을 모두 정리했다. 옷가지가 조금 늘었을 뿐 올 때와 크게 달라지지 않았다. 새 물건이 생겼다 해도 거의 버리고 간다. 끝난 결혼과 관련한 것들은 없애는 게 후련하다. 나는 기념으로 결혼반지만 간직한다. 회사에서 혼인서약을 맺은 부부에게 주는 반지다. 그외 자잘한 것들, 이를테면 사용했던 슬리퍼나 칫솔 따위는 모두 버렸다. 가능하면 이 결혼의 찌꺼기를 쓸어내고 싶었다.

14K 실반지를 본다. 내일이면 반지함으로 들어갈 것이다. 그 속에 남편의 기억도 같이 넣는다. 남편은 회원 가입 후 나를 첫 아내로 맞았다. 한정원. 마흔살. 예명을 사용하는 작곡가다. 미디어에 자신을 노출하지 않으며, 한

번의 이혼 경력이 있다. 더 깊은 정보는 내게 전달되지 않았다. 회사의 엄격한 심사를 통과해야 회원이 될 수 있으므로 신분은 확실할 것이다. 우리 회사의 이름은 W&L, 웨딩라이프다. 업계에서 손꼽히는 결혼정보회사로 웬만한 미혼남녀는 의무적으로 가입한다는 설도 있다. 나는 W&L의 VIP 전담부서인 NM(New Marriage) 소속이다. NM이 단독으로 쓰는 사옥 삼층에는 보안상 일반사원들이 올라갈 수 없다. NM은 W&L의 한 부서로 위장했을 뿐, W&L이 숨겨둔 비밀 자회사다. W&L 대표의 아내이자 부대표가 사실상 NM의 대표다. NM은 와이프팀과 허즈번드팀, 이 두 축을 중심으로 운영된다. 나는 와이프팀 FW(field wife)로 현장근무를 하고 있으며 직급은 차장이다. NM은 미혼남녀를 연결하지 않는다. 대신 직접 아내(FW)와 남편(FH)을 보낸다. 회원의 희망 배우자로 선정된 FW나 FH는 예스 오어 노로 답해야 한다. 납득할 만한 사유 없이 세번 이상 노가 누적되면 권고사직을 당한다. 일반사원들은 우리가 별도로 관리하는 VIP들이 누군지 매우 궁금해한다. 비밀리에 고위 공직자나 재벌, 다른 나라 왕족의 맞선까지 주선하는 줄 안다. 우리는 그런 일을 하지 않는다. 하지만 회원 신분만 놓고 보자면, 왕족까지는 아니어도 고위직과 재벌, 전문직 중산층인 것은 맞다.

그들이 어떻게 NM과 연결되는지 나는 모른다. NM으로부터 검증된 독신들이라는 것 정도만 알 뿐이다. 그러나 인성까지 검증하는 건 아닌 듯하다. 나는 지독한 영감을 만난 뒤 노를 연거푸 두번 사용했다. 그리고 승진심사에서 누락됐다. 이제 내게는 단 한번의 노가 남았다. 남편이 내 손을 잡았다. 이 사람은 나의 어떤 모습을 보고 선택했을까. 어떻게 NM과 접촉했을까. 그러나 베갯머리송사처럼 NM의 정보를 묻고 의견을 나누는 것은 금지되어 있다. 회사는 NM 가입 후 첫 아내를 맞는 회원을 가장 예의주시한다. NM의 첫인상이며 다음 행보에 중대한 영향을 미치기 때문이다. 때문에 너무 서투른 신입 FW나 능구렁이가 다 된 고참 FW는 배정하지 않는다. 노련하지만 때가 덜 탄 중고참 정도를 배정한다. 나와의 결혼이 괜찮았다면 또다른 FW를 맞을 것이다. 나를 만난 뒤 NM을 탈퇴하면 경위서를 써야 한다. 슬쩍 남편의 의중을 떠봤다.

"결혼 괜찮았어?"

"생각보다. 당신은?"

"나도."

그렇구나. 서로 괜찮았다는데 무슨 할 말이 더 있나.

적막이 어색해 그저 아무 말이나 이어본다.

"근데, 당신이 하는 그 팟캐스트는 어떤 방송인데 지인들도 모르게 만드는 거야?"

"나를 위해 그런 거 하나쯤 있어도 좋잖아."

비상금 같은 방송인가보다. 숨겨둔 장소만 생각해도 괜히 기분 좋은. 그렇다면 눈감아줘야 한다. 나는 화장실 천장 칸막이까지 뒤져 비상금을 찾아내고 의기양양한 아내는 되고 싶지 않다. 그럴 때만 부부의 신뢰를 앞세워 남편의 작은 비밀까지 드러내고 싶지 않다. 아직 걸리지 않은 것의 스릴과 안도를 즐기는 남편을 방해하고 싶지 않다. 그런 것이 있다고 말해준 것만도 어딘가. 남편이 내 위로 올라왔다. 열심인 건 알겠는데, 하는 건지 마는 건지…… 맨 정신에 안 되면 주방에 넘치는 술이라도 이용하든가. 술에 술 탄 듯 물에 물 탄 듯, 하니까 하나보다 하는 이 맥 빠진 움직임은 뭔가. 여하튼 굿바이. 행복하길.

2

트렁크를 번쩍 들고 살며시 걸었다. 옆집 할머니한테
들키면 피곤하다. 트렁크를 문 앞에 내려놓고 도어록 덮
개를 살짝 올렸다. 153…… 그러나 나머지 숫자를 누르기
도 전에 할머니가 얼굴을 내밀었다.

"왔네?"

"네. 잘 지내셨지요?"

"늘 그렇지. 얼굴 보니 이번 출장은 편했나보다."

나머지 번호를 누르고 문을 열었다. 할머니가 따라 들
어왔다. 할머니는 들어오자마자 자판기 버튼을 눌러 커피
를 뽑았다. 망할 놈의 커피 자판기! 그 얘기는 나중에 하
고. 눈인사도 어색한 다른 이웃과 달리 옆집 할머니는 조
금 각별하다. 내가 고등학생 때 아들과 이사 왔는데, 그때
부터 우리 어머니와 형님 아우로 지냈다. 옆집 오빠는 우

리 오빠와 동갑으로 둘은 오다가다 몇번 마주치더니 친구가 되었다. 옆집 오빠는 대학 커플로 화끈하게 연애하고, 사실상 임부복이나 다름없는 졸업 가운을 입은 연인과 함께 졸업했다. 할머니는 늘 옆집 오빠가 졸업만 하면 아들 월급봉투 받는 재미로 살 거라고 했다. 그런데 오빠가 졸업 후 삼개월 만에 내놓은 것은 떡두꺼비 같은 손자였다. 할머니는 급한 대로 집을 저당 잡혀 앞동에 신혼집을 마련했다. 두 사람은 그곳에 힘들게 마친 학업과는 전혀 무관한 소호 사무실을 차렸다. 집을 창고로 삼고 온라인으로 팔 수 있는 것은 다 팔았다. 자연 손자는 태어나자마자 할머니 손을 많이 탈 수밖에 없었다. 지금도 별반 다를 게 없다. 여전히 손자 뒷바라지에 바쁘다. 그리고 나는 난데없이 우리 집으로 온 자판기로 인해 할머니 커피 뒷바라지에 바쁘다. 재작년 오빠의 지방 발령으로 부모님까지 모두 지방으로 내려간 다음부터는 할머니가 우리 집에 올 일도 거의 없었는데, 지금은 저 자판기 때문에 내 집인양 수시로 찾는다.

"아이고 맛있다. 커피는 이게 제맛이지."

할머니가 입맛에 꼭 맞게 커피를 내린 자판기를 기특한 듯 바라보았다. 수술한 쌍꺼풀 때문에 화들짝 놀란 눈같지만 그윽한 시선이다. 의사는 어떤 심미안으로 노인의

눈을 저토록 과감하게 수술했을까. 붉은 네임펜으로 반
원을 그린 것 같다. 잘 보면 이마 라인에 숨은 줄이 하나
더 있다. 피부를 힘껏 당겨 잘라내고 꿰맸다. 어디선가 달
걀과 휴지를 얻어 오면서부터 생긴 변화다. 양파나 우엉
을 무더기로 가져올 때도 있다. 할머니는 그런 것을 공짜
로 받고 오십만원짜리 인삼즙을 사 온다. 그리고 그것을
산삼즙이라 믿는다. 갈 때마다 할인쿠폰을 주는 젊은 '가
수 오빠'가 파는 거니까. 그 쿠폰으로 기본형 전기밥솥을
만능 밥솥 가격으로 샀고, 정수 기능이 의심되는 미니 정
수기를 얼음 쏟아지는 정수기 가격에 샀으며, LCD TV를
3D TV 가격으로 사 왔다. 할인쿠폰일까 웃돈쿠폰일까.
열받은 옆집 오빠가 때려 부순 물건도 꽤 많다. 자기가 온
라인으로 다시 팔면 될 걸 아깝게 왜 부수나. 할머니는 젊
은 오빠를 좋아한다. 노래도 잘하고 춤도 잘 추고 어깨도
주물러준다. 그러나 옆집 오빠는 멀쩡한 아들을 두고 왜
그런 곳에 가는지 이해하지 못했다. 바보. 아들 손 잡고 가
슴 설레는 어머니가 어디 있나.

"지 마누라만 여자고, 나는 죽을 때까지 엄마지."

젊은 오빠의 사인 CD를 자랑한 적도 있다. 프린터로
출력한 게 분명한 재킷 사진에는 사십대 중반의 남자가
사색에 젖어 있었다. 사인이 얼마나 화려하고 난해한지

본인도 똑같이 두번 그럴 수 없다는 데 내 연봉을 건다. 할머니는 그와 단둘이 밥을 먹기도 했다. 대충 계산해도 이미 천만원 이상의 물건을 구매했고 앞으로도 그럴 것 같은데, 이 자식이 비싼 장어를 처먹고 계산마저 할머니에게 미뤘다. 그래도 할머니는 젊은 오빠와의 심장 떨리는 데이트가 좋았다. 혈액순환제를 먹지 않아도 피가 잘 돈다고 했다. 맨날 집들이하는 집처럼 평생 다 쓰지 못할 휴지가 베란다에 쌓이는 이유다. 차라리 NM에 가입시킬까. 옆집 오빠가 끔찍하게 반대하는 재혼도 피할 수 있다. 젊은 오빠보다 더 젊고 멋진 FH가 상시 대기 중이다. 그런데 돈이 문제다. 집 좀 팔라고 할까, 재건축하면 집값이 엄청 뛴다는데. 아니면 피켓 만들어서 시청 앞에 서 계시라고 할까. 독신 노인의 성욕을 책임져라! 젊은 오빠는 상상 속 섹스파트너다. 하지만 할머니는 곧 현실이 될 것이라 믿는다. 젊은 오빠 새끼가 그렇게 밑밥을 뿌렸다. 우리 어머니한테까지 꿔서 갖다준 돈을 받고도 입으로만 끝냈으면 인간도 아니다. 내가 할머니였으면 잘 때까지 그 돈 안 준다. 갖고 싶으면 제가 벗고 덤비겠지. 일 끝나고 몇푼 쥐여주면 될 것 아닌가. 그런데 할머니의 연정이 문제다. NM이 단가를 내려 기간제 결혼을 대중화시키면 어떨까.

"할머니 인기 많았죠?"

"많았지."

"애인 만나면 뭐 하셨어요?"

"그때나 지금이나 어른들이 놀 게 뭐 있냐. 한잔하고 자러 가는 거지."

사람들은 할머니가 혼자 있으면 과부가 청승 떤다고 하고, 그런 소리 듣기 싫어 함께 어울리면 남자라도 낚으려고 나온 사람처럼 수군거렸다. 입는 옷마다 한소리씩 거들고 화장까지 트집 잡았다. 누구한테 잘 보이려고 이렇게 꾸미고 다녀? 지들은 맨 얼굴에 홀딱 벗고 다니나. 그러면서 패션에 관해서만큼은 재야의 고수처럼 구는 무명님이 너무 많았다. 기왕에 그럴 바에, 할머니는 지들도 과부가 아닌 걸 원통해할 만큼 뜨겁게 살았다고 했다. 부부의 사랑은 티가 나지 않아도 연인의 사랑은 티가 나기 마련이다. 사람들은 배달되는 꽃이나 퇴근 뒤 데이트를 위한 꽃단장을 보며, 할머니가 계절만큼 규칙적으로 연인을 갈아치우는 것으로 알았다.

"나는 일 마치고 들어가면 만사가 귀찮아서 그 짓도 하기 싫던데, 대단하네."

하고 푸념하듯 빈정대는 동료도 있었다. 그러면 할머니는,

"일 마치고 들어갔는데, 남편이 떡 있으니 싫지. 애인이

면 사정이 달라져."

하고 동료의 아랫도리에 불을 질렀다. 잠깐, 그때나 지금이나? 그럼 혹시 젊은 오빠하고도? 어쩌면 그는 이 팜 파탈 할머니를 진정 사랑하는지 모른다. 할머니와 데이트 하면서 장어를 먹었다지 않은가. 새끼가 얼마나 열심히 하려고.

"너 지금이 딱 좋을 때다. 나중에 후회하지 말고 실컷 만나라. 나는 그만 일어날란다. 우리 준수 올 때 됐다."

할머니가 자판기에서 밀크커피와 율무차를 한잔씩 뽑았다. 율무차는 손자 준수가 좋아한다며 할머니가 재료를 직접 채웠다. 그리고 준수가 올 때마다 한잔씩 빼 간다. 율무차는 준수에게, 커피는 학원 차 운전사에게 줄 것이다. 드디어 할머니가 집을 나갔다. 자판기에 커피가 다 떨어지면 반드시 갖다 버리리라.

집에 커피 자판기가 있게 된 것은 친구 시정 때문이다. 작년, 시정이 웹툰 작가가 되겠다며 어느 만화가 밑에서 수업을 받았다. 하지만 만화라는 말에 반대부터 하는 부모님 때문에 집에서는 작업할 수 없었다. 일단 독립해 공모전이나 리그전에서 좋은 성적을 거둔 뒤 설득하겠다는 계획을 세웠다. 그러자니 작업실이 필요했다. 몇 작품 보여주는데 꽤 그럴듯해 보였고, 서른부터는 새로운 삶을 살겠다는 포부가 의연해 오백만원을 빌려주었다. 스물여덟이었던 우리에게는 서른에 대한 기대와 불안이 있었다. 오백만원은 내가 시정의 서른에 보내는 응원이었다. 알 수 없는 감상에 젖어 취미를 미친년 널뛰듯이 바꾸는 애라는 걸 잊은 것이다. 빌어먹을 서른을 앞두고 있었으니까. 역시 시정은, 내가 오픈 때 들고 간 금전수에 물 몇번 주고 작업실을 정리했다. 주제에 역삼동 역세권 오피스텔을 턱없이 낮은 보증금으로 얻더니, 높은 월세를 감당하지 못하고 육개월 만에 빠져나왔다. 부당하게 비싼 관리비를 더는 용납할 수 없다고 했다. 그러나 짐을 옮길 곳도 마련해놓지 않고 야반도주처럼 빠져나온 걸 보면, 관리비를 떼먹고 온 건 아닌지 의심스러웠다. 작업실에 식당 서비스용 커피 자판기를 놓을 정도로 아낌없이 돈을 쓰는 애가 관리비에 저항한다는 것은 말도 안 된다. 물론 시정에게는 원두커피 이뇨 부작용이 있다. 원두커피를 마시면 종일 화장실에서 산다. 그래도 그렇지 자판기를. 연습생 작업실에 손님이 뭘 그렇게 많이 온다고. 여하튼 시정은 작업실을 닫으며 자판기를 우리 집으로 가져왔다. 원금은 꼭 갚겠으니 이자인 셈 받으라고 했다. 청소도 쉽고 물도 끓일 일 없이 버튼만 누르면 커피가 나온다며 획기적인 발명품처럼 말했다. 커피로봇이라도 가져왔나. 누가 이자 달래. 가정집에 자판기를 놓는다는 건 어쩐지 만화적 발상 같았다. 밀크커피 블랙커피 우리 차, 버튼이 세개다. 얘는 아무래도 웹툰을 포기하면 안 됐다.

"나중에 다시 작업실 열 때 써."

"나 이제 그림은 취미로만 하려고."

이것이 우리 집에 자판기가 놓이게 된 사연이다.

시정은 따뜻하고 결단력도 좋은데 자판기처럼 단순한 게 문제다.

3

한적한 숲에 작은 집 한채 있으면 좋겠다. 최소한의 살림과 식기로 혼자 살면 좋겠다. 쉬엄쉬엄 벽과 바닥에 페인트칠이나 하면서 그렇게 살면. 어디 그런 아담한 집 없을까. 내게 간절한 그것이 시정에게는 심드렁했나보다.

"찾아보면 산속에 버려진 집 많아. 운 좋으면 주인이 그냥 살라고 할 수도 있고. 문제는 다른 데 있어. 산속에 여자가 혼자 살아. 그러면 궁금해하는 사람들이 생겨. 슬쩍 한번 왔다가 호의로 대하면 나중에는 수시로 찾을걸? 그러다가 큰일 나."

경찰이 출동하면 되잖을까. 하긴 신고받은 NM 구조대가 도착했을 때, 온전한 FW는 거의 없었다. 그런 집에 살면서 마당에 빨래를 널고, 졸리면 평상에 누워 한잠 자고 일어나는 건 꿈에서나 가능할 테지. 스물아홉. 벌써 지친다.

"인지야, 연락하지 않는 남자는 이유가 뭘까?"

"관심 없어서."

"쑥스러워서 못할 수도 있잖아."

수술대에 누워서도 전화하는 게 사랑이다. 쑥스럽기는. 사랑은 그것을 뛰어넘게 만든다. 같이 웹툰을 그렸던 사람 같은데 그만두면서 연락이 끊어졌나보다. 그렇다면 친절한 동료였을 뿐이다. 정 미련이 남으면 먼저 연락해서 잠자리로 유도해보라고 했더니 팔짝팔짝 뛴다. 농담을 너무 심각하게 받아들였다. 섹스하다 얻어맞은 적이라도 있나. 그러면서 사랑과 섹스를 곧장 연결하는 건 촌스러운 발상이라고 했다. 누가 곧장 연결해. 사랑하다보면 만지고 싶고 갖고 싶은 거지. 몸의 결합은 거부하는 사랑, 뭔가 떨떠름하다.

"방식이 다른 거야. 꼭 자려고만 만나니?"

"자려고 만나는 게 아니라, 만나다보니까 자게 되는 거지. 넌 맨날 영화만 보냐? 팝콘에 환장했어? 그럼 저딴 자판기 사지 말고 팝콘 기계나 사. 수녀도 아니고. 플라토닉, 너나 해라."

"남녀관계를 좀더 생산적으로 볼 수 없어?"

"옆집 오빠 봐. 몇번 자고 큰 생산 했잖아."

"말을 말자."

"자판기나 가져가, 기집애야."

시정은 가져가라는 자판기는 안 가져가고, 허여멀겋게
생긴 엄태성이라는 남자를 보냈다. 대단한 선물이라도 줄
것처럼 만나자고 해놓고 이 남자를 보낸 것이다. 남녀관
계를 성적 결합으로 보는 내 시선을 교정해줄 참신한 남
자라고 했다. 만기파경을 하면 결혼보고서를 작성하고 의
무적으로 일주일의 휴가를 받는다. 그런데 옆집 할머니와
시정 때문에 쉴 틈이 없다. 연락도 없는 웹툰 동료 대신
이 남자나 만날 것이지, 가만히 있는 나를 왜 끌어들이나.
엄태성이 물었다.

"W&L에 다닌다면서요?"

"네."

"거기 직원도 소개팅을 하는군요."

"그렇죠 뭐. 근데, 시정이하고는 어떻게 알아요?"

"홈메이드 떡 강좌에서 만났어요."

떡…… 얘는 또 언제 취미를 바꾼 건가.

"쌀을 밥솥에 쪄서 치면 인절미도 가능해요."

엄태성은 진심으로 떡을 좋아하는 것 같았다. 집에 자
신이 직접 만든 떡이 종류별로 있다고 한다. 살다 살다 떡
자랑은 처음이다. 서른세살 남자의 생경한 떡 자랑을 어

떡하면 좋은가. 파스타 전문점에 무지개떡 넥타이를 하고 온 건 설정인가요? 지고지순한 떡 사랑이다. 남자와 여자 사이에 성 대신 떡을 놓다니. 아무래도 시정과 더 잘 어울리는데 왜 나하고 앉아 있는 걸까. 내 반응이 심드렁했나. 엄태성은 일반 케이크에 뒤지지 않는 떡케이크를 보여주겠다며, 기어이 나를 끌고 인사동 어느 떡까페로 왔다. 건너편에 있는 저 미술관, 의식적으로 피해온 곳이다. 그가 택시를 타자마자 인사동이요, 할 때부터 예감이 좋지 않았다. 오늘 운세가 참……

졸업을 앞두고 면접을 본 날이었다. 안국동에 있는 출판사였다. 사장은 업무와 별로 상관없어 보이는 얘기만 했다. 술 좀 잘해요? 조금 먹습니다. 조금으로는 안 되지. 양조장 술 대부분을 출판사에서 마시거든. 노인지씨는 무슨 술 좋아해요? 맥주 좋아합니다. 맥주 좋지. 내가 서류 볼 때부터 느낀 건데, 이름이 참 좋네. 오늘 수고했어요. 며칠 안에 노인지 예스인지 연락할게요. 하하하. 그런 면접이었다. 내가 늘 예스 오어 노 앞에 서야 하는 건, 태어나 이름을 받는 순간부터 주어진 운명 같았다. 면접을 마치고 헛헛한 마음에 인사동까지 걸어왔다. 그리고 저 미술관으로 들어갔다. 날씨는 쌀쌀했는데 슈트가 얇아 따뜻한 곳이 필요했다. 어느 외국 작가의 설치미술전이 열리고 있었다. 입구에서 구입한 팸플릿과 작품을 비교하며 전시장을 돌고 있을 때 한 여자가 다가왔다.

"작품 좋죠? 시점 전환이 좋아요."

쇠막대 눈금자를 재료로 카누 한척을 만든 작품이었다. 작품명이 '시간'이었는데, 나는 설명이 없으면 제목과 작품을 연결하지 못할 만큼 문외한이었다. 여자는 지적으로 보였으며 전시와도 관련된 사람 같았다. 그런 여자가 왜 하필 내게 왔는지 부끄럽고 난처했다. 미술작품에도 시점 전환이 있구나. 좋은 정보 주셨으니 그만 갔으면……

"전 잘 몰라요. 그냥 배다, 하고 봤어요."

"배 맞죠."

여자는 싱긋 웃고 다른 작품으로 이동했다.

이상하게 여자가 자꾸 신경 쓰여 대충 둘러보고 미술관을 나왔다. 미술관 계단을 막 내려왔을 때, 여자가 나를 불렀다.

"잠깐만요."

뭔가 개운치 않은 부름이었다. 내가 전혀 모르는 부류의 사람과 말을 섞고 싶지 않았다. 넘치는 우아함으로 호박엿도 왕실 초콜릿처럼 먹을 것 같은 여자가 불편했다. 차라리 저기 형형색색 머리를 한 일본 관광객들과 합류하는 게 나았다. 나는 자유로운 영혼이 좋다. 급한 대로, 일본인이시죠? 무작정 끼어들어, 무슨 일이세요? 물으면, 묻지도 따지지도 말고 일단 저쪽으로 가자고 해야지. 나는 여자의 부름을 듣지 못한 척 발길을 돌렸다. 뒤에서 서둘러 계단을 내려오는 소리가 들렸다. 탁. 탁. 탁. 여자가 내 팔을 살짝 잡았다. 아 씨……

"무슨 일이세요?"

"혹시 오늘 면접 봤어요? 우리 차 한잔해요."

내가 면접 의상을 지나치게 정석으로 입었던 것이다.

미술관 옆 찻집으로 자리를 옮겼다. 당장 취업을 하지 않으면 큰일 날 것도 아닌데 '면접'이라는 말이 내 발목을 잡았다. 미술에 대해 아는 것도 없으면서 홀리듯 따라간 것이다. 여자가 명함을 꺼내 내 앞에 내밀었다. W&L 로고가 새겨진 명함이었다. 결혼정보회사. W&L 회원 중에는 스펙 좋은 선남선녀가 많다는 말을 들은 적이 있었다. 우리 과에도 벌써 가입한 애들이 있었다. 난 또 뭐라고. 예의상 명함을 챙겼다. 하지만 가입할 생각은 없었다. 나중에 안 사실이지만, 미술관은 W&L 대표의 아내가 운영하는 곳이었다.

"조금 더 생각해보고 가입하겠습니다."

"입사 제의하는 거예요. 올해 졸업해요?"

"네? 그렇긴 한데요……."

"전공은?"

"국어국문이요."

"간단한 대화 가능한 외국어 있어요?"

"교환학생으로 일본에 다녀왔습니다."

"스포츠 좋아해요?"

"야구 좋아합니다."

"어디 응원해요?"

"두산이요."

"이번 한국시리즈 아쉽겠네요."

그해 두산은 4연패를 기록하며 한국시리즈 우승을 SK에 내주었다. 이전 해와 똑같은 모습을 연출한 것이다. 빌어먹을, 4연패의 충격은 쉽게 가시지 않았다. SK 비룡군단은 막강했다. 잘 던지고 잘 치고 잘 막고 팀워크가 좋았다. 야구장에서 열받고, 하이라이트 영상에 또 열받고, 울화통이 터져 단기간 내에 맥주를 가장 많이 마신 해였다. 제길, 최강 두산! 처음부터 마음에 들지 않던 여자에게 출판사에서 본 것보다 더 진짜 같은 면접을 보았다. 인상이 좋다며 따라오는 사이비 종교단체 여자한테 걸린 것처럼 찝찝했다. 나는 생각할 시간이 필요하다는 말을 마지막으로 그 자리를 빠져나왔다. 그것이 출판사에 대한 예의라고 생각했다. 그러나 출판사는 내게 노를 했다. 동기 대부분이 취업하지 못했기에 자존심 상할 것도 없었다. 아쉬운 대로 W&L에 다니다가 기회 봐서 이직할 생각이었다. 일을 하고 있어야 이직이 쉽다는 선배들의 조언도 있었다. 여자는 흔쾌히 다시 만나주었다. 그리고 그때야 그녀가 NM 스카우터인 것을 알았다. 그녀에게 FW에 대해 듣고도 놀라지 않았다. 너무 놀라 감각이 상실됐는지도 모른다. 기간제 배우자라니. 말을 바꿔봤자 4대 보험을 적용받는 고액 연봉 접대부 아닌가. 체계적으로 변형된 성매매. 씨발, 나를 어떻게 보고. 좋은 아이템 있다고 언론사 선배한테 찔러줄까. 잘되면 수습 자리 하나는 얻을 것 같았다. 충격! 유명 결혼정보회사의 맨 얼굴! 알고 보니 성매매 알선책!

"접대부 렌탈 아니니까 오해하지 말아요. 회원은 섹스리스도 있고, 성생활이 불가능한 배우자도 있어요. 조금 다른 결혼을 하고 싶은 사람들일 뿐입니다."

"그럼 그런 사람들끼리 연결해주면 되잖아요."

"마음만 맞는다고 되나요. 지불한 만큼 누려야죠."

"왜 저를 스카우트하는 거예요?"

"화류계 기질 없이 예쁘잖아요."

한번쯤 결혼해보고 싶은 여자. 그녀는 내가 그 범주에 속한다고 했다. 이제는 배우자도 임대하는 세상이 됐구나. 고액의 연회비와 혼인성사자금을 지불하는 NM 회원들에게, 이런 아내는 어떠신가요? 하고 내미는 기호품이 된 기분이었다. 몰랐고, 끝까지 몰라도 됐을, 모르는 게 더 나았을 그런 세계가, 내 손을 그렇게 잡았다.

창 너머로 인사동을 훑어보았다. 몇년 만에 왔어도 변한 게 없다. 약국이 음식점으로 음식점이 까페로 바뀌었지만, 분위기는 별반 다르지 않다. 들뜬 듯 차분한 듯 복작복작하다. 더이상 이곳에 머무르고 싶지 않다.

"죄송한데, 제가 소개팅인 줄 모르고 나왔어요."

"백수라 싫은가보죠?"

"아뇨. 지금은 누굴 만날 시간이 없습니다."

"스물아홉이면 튕길 나이는 아니잖아요. 그냥 편하게 봅시다."

뭘까 이 남자는. 밥값 정도는 버는 알바 자리라도 하나 대고 큰소리치든가. 두둑하게 물려받은 재산이라도 있는 건가. 그럼 당장 떡집이나 차리세요. 시정은 성직자의 마음으로 저나 만날 것이지, 대가리가 홍해처럼 쩍 갈라진 놈을 왜 나한테 보낸 것인가.

"인지씨가 긴장한 것 같아서 농담 한번 해봤어요. 그런 말 자주 듣죠? 그런 공갈빵 같은 인간은 상대하지 마세요. 떡처럼 속이 꽉 차고 차진 남자가 진짭니다."

그럼 바람떡은요? 하고 되물을 뻔했다.

"연봉은 얼마예요? 스물아홉에 차장이면 괜찮네요."

"이것도 농담이에요?"

"이건 진짜 궁금해서 물은 거예요. 요즘 취직도 잘 안되잖아요. 근데 스물아홉에 차장이라니까 좀 신기해서요. 당연히 정규직이겠죠?"

"그만 일어나겠습니다. 죄송합니다."

계산서를 들고 일어났다. 나는 이런 만남을 끝내고 싶을 때, 내가 계산한다. 싫은 남자가 사준 음식 먹고 싶지 않고, 소개팅을 빌미로 뜯어먹고 도망친 여자가 되고 싶지 않다.

"아까 식사비 내셨으니까, 여기 계산은 제가 하겠습니다."

"그러실래요? 솔직히 파스타 값이 너무 비싸서 더치페이할 줄 알았거든요. 하하하. 이건 농담입니다."

얼굴이 허여멀건 게 떡가루라도 바르셨나봐요? 농담한번 해줄까. 급한 곳이라도 가는 것처럼 자기가 서둘러 계산해놓고 이제 와 저런 말을 한다. 피곤하다. 나는 카운터 직원에게 카드를 내밀었다.

　다음 날, 시정이 녹차 떡케이크를 만들어 왔다. 찜통에
쪄서 만들었지만 시중에서 파는 떡과 크게 다르지 않다.
대단히 잘하는 건 없어도 일단 손댄 것은 곧잘 한다. 아마
와 프로 사이에서 프로로 넘어갈 만하면 그만두는 게 문
제다. 이 케이크도 그냥 집에서 먹기에는 놀랄 만큼 맛있
어도 사 먹어야 한다면, 글쎄다.
　"어제 너 먼저 갔다며?"
　"너무 참신해서 가까이하기 불편하더라."
　"말이 왜 그래? 그 사람 생각보다 착해."
　"생각해봐야 착한 줄 아는 건, 착하지 않은 거야."
　"귀엽지 않아?"
　"어디가?"
　시정은 그의 어디에서 플라토닉을 봤을까. 장담컨대 분
위기만 조성됐다면 모텔로 직행했을 인간이다. 손바닥으
로 성욕을 가려라. 사람 만나는 거 참 힘들다. 어떨 때는
나도 퇴직하고 NM 회원으로 가입하고 싶다. NM 회원들
의 탄력적인 선택이 부러울 때도 있다. 그들은 필요한 조
건에 맞는 기간제 배우자를 선택한다. 일생을 건 결혼이
아니기에 무리수를 두지 않는다. 오십대 FW 선배는 퇴직

했는데도 가끔씩 찾는 회원이 있다. 그때마다 비정규직으로 근무한다. 동년배도 있고 연하도 있다. 그들은 안식년처럼 쉬고 싶을 때 그녀를 찾았다. 함께 있기만 해도 위로가 되고 편안한 여자였다. 나는 결혼반지가 네개나 있는데도 남자를 모르겠다. 그들 각자가 평생 배출해내는 정자 수만큼의 성질을 가지고 있는 것 같다. 알려고 들면 더 모르겠고, 포기하면 그제야 뭔가 보이는 것 같다가, 다시 시작하려면 혼란스럽다. 흔한 듯 흔하지 않은 엄태성 같은 남자를 보면 가슴이 답답하다. 시정이 무슨 떡을 받아먹었는지 계속 그를 감쌌다.

"한번 더 만나봐. 그 사람 은근히 순수해."

"난 은근히 열정적인 사람이 좋아. 시정아, 나 내일부터 출근이라 준비할 게 있어. 미안한데 오늘은 좀 가면 안 될까?"

"알았어."

시정이 자판기에서 커피를 뽑아 들고 나갔다.

그리고 조금 뒤 밖에서 시정의 목소리가 들렸다.

"할머니! 할머니 계세요? 커피 가져왔어요."

"왔어? 들어와."

오지랖 좀 보게. 자판기로 맺어진 우정이 눈물겹다. 비슷한 식성으로 금방 친해졌다. 어쩌면 저녁까지 먹을 테고, 그 자리에 나를 부를지도 모른다. 그리고 디저트 커피를 위해 다시 우리 집으로 오겠지. 어떻게 해야 저 뫼비우스의 자판기에서 벗어날 수 있을까. 할머니는 젊은 오빠가 주는 휴지는 넙죽넙죽 받으면서 왜 내가 주겠다는 자판기는 받지 않나. 제발 좀 가져가세요.

4

 사원증을 목에 걸고 정문으로 들어섰다. 일층에 로비와 접견실이 있고, 이층이 흔히 알고 있는 W&L이며, 삼층이 NM이다. 사원증을 통로 왼쪽 단말기에 대고 들어섰다. NM 소속은 이 문을 한번 더 거쳐야 사무실로 올라갈 수 있다. 엘리베이터를 탔다. 이 라인은 늘 한산하다. 삼층으로 올라왔다. 사무실 강화유리문에 금박 처리된 NM 이니셜이 크게 붙었다. 그리고 바로 아래에 New Marriage라고 작게 쓰여 있다. 문을 열고 들어갔다. 왼쪽이 와이프팀 부스다. 티테이블에서 커피를 내리는 상무와 눈이 마주쳤다. 상무는 FW들의 대모로 통하지만 FW 경력은 없다. 우리와 같이 파티션 없는 책상을 사용하며, 고위직의 거드름을 피우지 않는다.

 "왔어? 커피 할래?"

"네, 고맙습니다."

박과장이 손을 들어 인사한다. 언제 와도 변함없는 사무실이다. 못 보던 대리급 FW가 한두명 더 있을 뿐이다. 그 모습조차 새로울 게 없다. 출장으로 엇갈리면 서로 얼굴을 익히지 못할 수도 있다. 이번에는 유독 빈자리가 많았다. 나는 창가 쪽 OFF 카드가 꽂힌 책상을 선택했다. 현장근무가 우선인 FW들에게는 지정된 책상이 없다. 부장급부터 개인 책상을 배정받는다. 푯말을 뒤집어 ON으로 바꿨다. 컴퓨터 전원을 누르고 잠시 모니터 옆에 있는 히아신스를 본다. 파란색 꽃이 탐스럽게 피었다. 정교하게 만든 조화다. 자리를 비울 일이 많아 생화를 놓을 수 없다. 상무가 내 책상에 커피를 내려놓고 의자를 끌고 왔다.

"보고서 보니까, 이번 출장은 무난했더라."

"네. 사무실에도 별일 없죠?"

"왜 없어. 우리 순진한 유대리가 사고 쳤지."

유인영은 입사 이년차 대리다. 우리는 초반 승진이 매우 빠르다. 높은 기본급여를 W&L의 일반사원 연봉체계와 맞추려니 직급을 올릴 수밖에 없다. 육개월 수습 뒤 정직원 전환심사를 통과하면 곧장 대리로 앉는다. 여하튼 유대리가 첫 출장부터 임신을 했다. 아이를 낳고 낳지 않고는 본인 선택이다. 하지만 그 사실은 회원에게 알려야 한다. 불행하게도 낳기를 원하는 회원은 거의 없다. FW도 마찬가지다. 대부분이 지운다. 유대리 남편 역시 아이를 원치 않았다. 그런데 유대리가 원했다. 이렇게 되면 NM이 남편을 설득하고, 대신 아이가 성년이 될 때까지 소정의 양육비를 지급한다. 임신으로 퇴사를 결정한 직원에 대한 복지이며, 뒤에 나올 불필요한 말을 막는 수단이기도 하다. 그런데 남편이 끝까지 반대하고 있다. 정 그러면 몰래 낳는 수밖에 없다. 유대리는 NM 결혼 중에도 아이를 키울 자신이 있다고 했단다. 순진하다. 남편이 계속 재결합 신청을 할 것 같다. 다른 배우자가 배정되면 출장 중 아이는 어디에 맡길 것인가. 아이 딸린 FW를 희망하는 회원은 아직 못 봤다.

"애가 임신 확인하고 케이크까지 준비했어."

"자기는 좋아서 그랬을 텐데, 상처 받았겠어요."

"로망은 짧고 의무는 길다. 좀 쉬고 내 책상으로 와. 경호업체 목록 뽑아놨어."

"네."

오랜만에 원두커피를 마셨더니 입에 척척 달라붙는 맛이 없다. 그새 자판기가 내 입맛을 인스턴트로 만들었나 보다. 나는 티테이블로 가 크림과 설탕을 넣었다. 좀 낫다. 컴퓨터 바이러스툴부터 업데이트하고 나머지 목록을 확인했다. 얼마나 오랫동안 빈자리였는지 운영체제 업데이트만 한참 걸릴 지경이었다. 업데이트 과정을 지켜보며 현장에 나가 있는 FW에게 전화해 안부를 물었다. 신문 좀 보시라고요. 저희 다른 거 보고 있어요. 아무 문제 없다는 뜻이다. 서비스로 뭐 주나요? 이런 대답이 오면 체크해둔다. 문제 발생 소지가 있으니 주시해달라는 요청이다. 그거 보면 스포츠 신문은 공짜죠? 하고 되물으면 폭력과 관련한 문제다. 세번 이상 전화 연결이 되지 않으면 구조대가 방문한다. 문제 회원은 대략 삼개월 안에 본색을 드러낸다. 그 이상을 참지 못한다. 한 FW는 구조대가 아니었으면 죽었을지도 모른다. FW와 전화 연결이 되지 않는데 남편이 너무 태연하게 전화를 받았다. 의심을 품은 구조대가 출동했을 때, 그녀는 매우 심각한 상태였다. 모든 소지품을 빼앗기고 방에 갇혀 구조요청조차 할 수 없었다. 다행히 오늘은 특이사항이 없었다. 구조는 사설 경호업체에 맡기고 있다. 그들은 W&L을 통해 결혼한 부부에게 제공하는 가정폭력보호 서비스로 알고 있다. 하지만 구조대가 출동하는 경우는 별로 없다. 신기하게도 그렇다. 기간제 부부가 모두 행복해서가 아니다. 그들에게는 다음 선택이 있기에 불필요한 에너지를 소모하지 않는다. 예상과 다른 배우자를 만나면 각방을 쓰기도 한다. 현재 경호업체는 올해로 계약이 만료된다. 다른 업체들을 검토하고 보고서를 작성해야 한다. 이번 업체는 출동이 늦다는 의견이 나왔다. 점심이나 먹고 해야겠다. 누구와 먹으러 갈까. 사무실을 살피다 박과장과 눈이 마주쳤다. 메신저를 띄웠다.

　　―밥 먹으러 가자.

　　그런데 박과장이 답장하기 전 상무가 먼저 나를 불렀다.

　　"노차장, 밥 먹으러 가자. 오랜만에 나왔는데 회포를 풀어야지."

　　―차장님, 저 마쳐야 할 차트가 있어서 지금 못 가요.

　　저게 어디서 머리를 쓰고 있어. 점심마저 상사를 모시고 먹어야 하다니. 억지로 끌고 갈까보다. 다들 뭘 저렇게 열심히 하나. 별수 있나. 상무는 내가 책임진다. 나는 왜 출근만 하면 상무와 밥을 먹게 되는 걸까. 지갑을 챙겼다. 상무가 문을 잡고 있다. 먼저 가도 되는데 꼭. 고맙습니다, 인사하고 사무실을 나갔다. 엘리베이터 앞으로 가보니 FH 김차장이 있었다. 근 이년 만에 보는 것 같다.

　　"선배, 우리 얼마 만에 보는 거예요?"

　　"나 이년 계약."

　　"어디 계셨어요?"

　　"베이징. 전처가 거기서 유학원 해."

"식사 어디로 가세요? 약속 없으면 같이 가요."

"좋지."

다행히 상무와 독대하는 식사를 피할 수 있었다. 본 적도 없는 상무의 시댁 사람들을 함께 욕해주고, 관심 없는 꼬마의 성장일기를 같이 써줘야 한다. 김차장이라도 있어야 수고를 반으로 줄일 수 있다. 김차장은 나보다 이년 먼저 입사한 선배다. 내가 현장근무교육을 끝내고 막 수습에 들어갔을 때 만났다. 출장 나가는 FW의 일은 누군가 이어받아 원활하게 처리해야 한다. 그때 나는 회원이 혼인 기간 중 머물 거처를 NM이 임대하는 방안을 기획 중인 와이프팀 선배를 도왔다. 그 일은 상당한 자본을 필요로 했다. NM타운을 형성한다 해도 사생활 노출을 꺼리는 회원들의 특성상 그곳에 거주할 확률은 높지 않았다. 당시 과장이었던 김차장은 허즈번드팀에서 관련 기획을 하고 있었다. 주택을 선점해 임대하는 것은 리스크가 크다. 회원이 원할 경우 NM이 대리인으로 주택을 알아보고 계약해주는 것이 안전하다. 회원이 임대비용을 사전에 NM으로 입금하면 W&L 명의로 계약한다. 회원의 사생활 보호와 직접 발품 팔아 거주지를 알아보는 성가심을 동시에 해결할 수 있다. 대략 이런 취지와 내용이다. 나는 두 팀을 오가며 서류 심부름을 했고, 김차장과 자연스럽게 가까워졌다. 허물없이 대하는 유일한 선배다. 지금 나와 직급이 같은 것은 약간의 반골 기질 때문이다. 회사가 내심 감추고 싶어 하는 부분을 훅훅 드러내고, 중도파경으로 인한 징계로 승진심사에서 탈락한다. 차장으로 정년 퇴임하는 게 목표인 사람 같다.

"그만한 재력이 있는 사람들이 왜 이런 결혼을 하는 걸까요?"

"법적 결혼을 하면 사는 것보다 헤어지는 게 더 복잡하고 피곤하거든. 상대한테 치명적인 실수가 없으면 순탄하게 끝낼 수가 없어. 하지만, 같이 사는 사람이 싫은데 더 큰 이유가 있나. 통통한 발이 곰발로 보이기 시작하면 사는 게 괴롭다. 만나고 헤어지는 것에 자유롭고 싶은 거야. 그런 면에서 합리적이긴 한데 끈끈한 정은 없지."

"자발적 비혼인 거네요."

"또는 모든 걸 감수하더라도 청혼하고 싶은 상대를 만나지 못했거나. 결혼에 반대하는 대다수가 기혼자야. 자기는 제도 속에 들어앉아놓고, 해보니까 별로더라 하지. 그렇게 말하는 사람 중에 몇이나 끝내고 나올 거 같아? 뭐라고 하는 건 아냐. 뛰쳐나와서 뒷일을 수습하는 게 결혼을 유지하는 것보다 더 피곤하거든. 그냥 살아야지 뭐."

"백년해로하는 부부는 하늘이 내린 걸까요?"

"어쩌다보니 백년해로하게 된 건 아닐까? 하하하. 어쨌든 그런 커플만 있으면 우리 직업이 위태해진다. 하루아침에 백수 되는 거지."

"선배는 이 일 잘 안 맞을 것 같은데, 괜찮으세요?"

"나 되게 잘 맞아. 재밌잖아."

우리는 애인과 배우자 사이에서 그들 생의 한 구간을 함께한다. 시작부터 후회였고 종국에도 후회가 될 것을 알지만, 이 흐름에서 벗어날 수가 없다. 체념이라고 하기에는 내가 가엽고, 신념이라고 하기에는 어쩐지 비겁하다. 꽉 막힌 병목구간을 어떻게든 꾸역꾸역 빠져나가는 자동차처럼, 언젠가는 나도 이 지난한 삶의 구간을 빠져나가겠지, 기대할 뿐이다.

"언제 베이징 가면 말해. 맛집 지도 그려줄게. 양고기 훠궈 잘하는 집 있는데, 거긴 기다릴 때 네일케어도 해준다. 다른 서비스도 좋고, 소스도 맛있어."

대륙의 음식이라. 말만 들어도 시장기가 돈다.

저 무지개떡 넥타이! 정문 앞에 엄태성이 떡케이크 상자를 들고 서 있었다. 나는 김차장 뒤로 살짝 몸을 숨기고 걸었다. 그런데도 노인지씨! 하고 크게 불렀다. 어머, 씹새끼. 못 들은 척했다. 그가 빙글빙글 웃으며 다가왔다. 회사 앞에서 무슨 망신인가. 상무가 살짝 웃는다. 엄태성은 허여멀거니 순하게 생겨 첫인상이 나쁘지 않다. 그 얼굴로 일행에게 인사를 했다. 상무는 깍듯하고 예의 바른 그가 마음에 들었나보다.

"노차장, 우리가 자리를 피해줘야 할 것 같은데?"

"아뇨. 괜찮아요. 엄태성씨, 잠깐 같이 가죠."

하는 수 없이 엄태성을 달고 생선구이전문점으로 가야 했다. 회사 근처 맛집이라 이 시간에는 늘 사람이 많다. 바로 들어가지 못하고 입구에서 잠깐 기다렸다. 그동안 엄태성은 나와 천년은 사귄 사이처럼 쉬지 않고 수다를 떨었다. 어느 바닷가 근처 생선구이집 리필 현황과 연탄불과 숯불의 차이, 해풍에 말린 굴비와 자동건조기에서 말린 굴비의 차이, 어느 집은 서비스로 가래떡도 같이 구워주더라는 말까지, 끝이 없었다. 제발 말 좀 그만해! 직원이 와서 묻는다.

"네분이 일행이시죠?"

"아뇨. 따로 둘입니다."

직원이 안내한 자리로 가서 앉았다. 상무와 김차장과 약간 떨어진 자리다. 엄태성이 내 앞에 앉았다. 앞으로는 미리미리 예약하고 오라며 앉는 순간까지 떠들었다. 이 집은 예약을 받지 않는다. 나쁜 사람은 아닌 것 같은데 자꾸 화가 난다. 내 뜻과 상관없는 이런 귀찮은 만남도 싫다. 오늘 끝장을 내야겠다. 밥맛없는 여자로 오만정이 뚝 떨어지게 만들리라. 기승전결. 명확하고 신속하게 해내야 한다. 잠시 생각하며 밑반찬으로 나온 해초무침을 오도독 오도독 씹었다. 엄태성도 젓가락을 들었다.

"그거 사원증이죠? 나도 사원증 목에 걸고 싶다."

회사 게시판 보면 수시로 직원 뽑으니까, 탐나면 알아봐라. 기.

"삼층은 스펙이 좋아야 한다면서요. 여동생이 W&L에 잠깐 다녔거든요. 월급도 짜면서 실적만 올리라고 하니까 열받았나봐요. 걔가 삼층은 아무나 못 간다고 하던데, 생각보다 능력이 좋나봐요?"

생각보다? 승.

"시정씨 말 들어보니까, 인지씨가 나한테 마음이 없는 것도 아니고, 얼굴도 이만하면 됐고, 능력도 있는데, 내가 굳이 찰 이유가 없죠. 튕긴다고 값이 더 올라가는 거 아니니까, 대충 만납시다."

개새끼가 진짜. 나는 손짓으로 고개 좀 숙여보라고 했다. 전.

"사람이 말을 하면 알아들어야 할 것 아녜요. 한번만 더 이렇게 찾아오면 가만 안 둡니다. 일 없으면 집에서 조용히 떡이나 치세요. 핸드메이드. 예?"

나는 밥그릇을 들고 동료들이 있는 곳으로 자리를 옮겼다. 결.

5

그 정도면 충분하다고 생각했다. 그 정도 막말이면 떨어질 것이라 믿었다. 그러나 엄태성은 일주일째 회사 정문 앞으로 출근하고 있다. 내게 말을 걸지는 않았다. 내가 먼저 다가와주길 바라는 것 같다. 열번 찍어 안 넘어갈 여자 없다는 말을 철석같이 믿고 있는 모양인데, 가능하다면 저 말부터 뿌리째 뽑아버리고 싶다. 도끼도 도끼 나름이지. 열번 이상 거절한 뒤 받아들였다면 포기 아닌가. 포기로 한 사랑이 과연 행복할까. 차라리 그 도끼로 내 목을 쳐라. 그 때문에 상무가 민감해졌다.

"자꾸 눈에 띄게 행동하면 안 좋아."

여기는 남녀관계에 대한 관심을 직업병으로 가진 곳이다. 이층 사원들이, 저 케이크를 든 남자가 자꾸 누굴 찾아오는 것인가, 호기심을 보이면 안 된다. 그 호기심이 NM

으로까지 확대된다. 그들에게 얼굴을 각인시켜 이로울 것
이 없다. 우리는 언제 어느 곳으로 출장 나갈지 모른다. 우
연히 이웃으로 만나, 어머 안녕하세요? 인사하는 불상사
는 없어야 한다. 그런데 나를 흘긋흘긋 보는 사람들이 생
겼다. 곱게 생긴 그의 외모도 한몫했다.

"우리가 해결해줄까?"

"제가 해볼게요."

잠시 서서 정문 앞에 있는 엄태성을 보았다. 여전히 떡
케이크 상자를 들고 있다. 나는 왜 저 남자를 순수하게 받
아들이지 못하는 걸까. 처음 보는 순간 분명 뭔가 감지됐
다. 그런데 그것이 정확히 무엇인지 모르겠다. 철렁했던
그 포인트를 잡을 수가 없다. 헤어진 뒤에도 내가 그에게
서 도망쳤다는 기분을 떨쳐낼 수가 없다. 왜 그랬을까. 줄
수 없는 떡을 하루도 쉬지 않고 만드는 남자다. 로맨틱하
게 느껴질 수도 있는 모양새인데, 나는 왜 소름이 돋는 걸
까. 매일 아침 쌀가루를 체에 내려 찜통에 찌고 완성된 떡
을 상자에 넣을 테지. 그런데 그것이 왜 내게는 아침마다
숫돌에 식칼을 갈아 상자에 넣는 것처럼 느껴질까. 사람
이 싫으니 별 끔찍한 망상을 다 했다. 하루빨리 벗어나야
한다. 더 끌어봤자 서로에게 좋을 것이 없다. 엄태성에게

다가갔다. 그는 쭈뼛쭈뼛 나를 맞았다.

"오늘은 시간이 되세요?"

"얘기 좀 해요."

회사 건너편에 있는 카페로 먼저 들어갔다. 그리고 내 맘대로 아메리카노 두잔을 주문했다. 그의 취향을 묻고 배려할 기분이 아니었다. 커피를 받아 구석 자리를 잡았다. 엄태성 앞에 커피를 놓았다. 구구절절 따지려 만난 게 아니니 곧장 본론을 말했다.

"회사에서 주시하고 있습니다."

"결혼정보회사가 주시하고 있으니까, 우리도 곧 연결되겠네요."

가만히 그를 바라보았다. 나하고 결혼하고 싶은 겁니까. 선이 곱고 얼굴도 희다. 부잣집 둘째형이나 잘사는 교회 오빠 같은. 좋은 얼굴을 가졌는데 그에 맞는 격이 없다. 당신은 입을 열지 마세요. 입을 열면 실체가 드러납니다. 가면을 입에 써야 합니다. 이 남자는 자신의 외모가 좋다는 것을 알고 있다. 얼마나 쉬운 인생인가. 머리 좋은 사람들이 미적분을 척척 풀어내듯, 저 얼굴로 까다로운 여자들에게 척척 다가갔겠지. 같은 행동을 해도 다르게 보인다는 것은 대단한 특권이다. 나처럼 골치 아픈 여자를 자꾸 찾아오는 이유도 뻔하다. 여동생이 W&L에 다녔었다. NM의 실체와 전혀 다른 정보를 들었을 것이다. 모호함이 상상을 더욱 부풀렸을 테고, 자신을 계속 노출하면 오늘 같은 날이 올 거라 예상했을 것이다. 자, 여기까지는 당신 예상대로 됐지요? 이제 조금 투덕거리다가 못 이기는 척 사귀는 단계를 밟을 것 같은가요?

"여자 그렇게 만나는 거 아닙니다."

"예?"

"여자들 주머니가 당신 현금지급기냐고."

"뭐라고요?"

"꺼지라고, 개새끼야."

엄태성이 순간 당황했으나 곧 피식 웃었다. 사기꾼 새끼. 웃어? 나는 마시던 커피를 들고 일어났다. 내가 자신의 정체를 알았으니 더는 접근하지 않겠지. 정리대로 가서 커피를 버리고 카페를 나왔다. 엄태성은 변명을 하지 않았고, 따라 나오지도 않았다. 그런데도 뒤통수에 엄태성의 쿡쿡대는 웃음이 달라붙는 것만 같다. 왜 이렇게 개운치 않을까.

상무가 NM 정보팀에 의뢰한 결과를 보니 엄태성은 생각보다 더 치졸했다. 요리나 꽃꽂이, 비즈공예처럼 주로 여자들이 듣는 강좌에서 작업했다. 상대적으로 남자가 적으니 쉽게 주목받았고, 같은 관심사로 접근이 용이했다. 자연스럽게 지방 축제나 등산을 함께 다니며 표적인 여자에게 은근한 친절을 보였다. 그런 식으로 관계를 발전시킨 뒤, 사랑이 정점을 찍기 직전에 동업 얘기를 하는 것이다. 조금만 더 가면 활활 타오를 것 같은 정열적인 시기다. 함께 타 죽어도 좋을 공간이 더없이 간절할 때 여자의 주머니를 건드렸다. 여자는 제 돈을 모두 건네주고, 그가 둘만의 공간을 마련하길 기다리는 것이다. 그가 치사하고 야비한 것은 사기금액의 일부를 되돌려주는 행동이다. 대략 삼분의 일 정도를 들고 나타나 읍소했다. 사기를 당했다, 사는 집을 뺐다, 이러면 대부분의 여자가 다시 그 돈의 반을 잘라 그에게 내밀었다. 사정을 아는 처지에 혼자 쓸 수 없다. 돈으로 사랑을 밟지 않는 여자의 자존심이고 순정이다. 신고는 거의 없다. 제발 이렇게 착한 여자들은 그냥 두자, 씨발. 신고 접수된 것 말고도 얼마나 많은 여자가 아파했을까. 찰나도 함께하고 싶지 않은 남자다. 상무는 피해자들과 그를 싸잡아 비난했다.

"멍청한 것들은 왜 이상한 데다 자존심을 거나 몰라."

사랑하게 만들어놓고, 사랑하니까 등신 만드는 것. 상무가 말하는 게 무엇인지 안다. 나도 그런 여자들 이해되지 않는다. 그러나 조금 미련한 사랑을 했다고 등신으로 몰면 안 되지 않나. 사기를 목적으로 접근한 사람을 무슨 수로 피하나. 욕하려거든 엄태성에게만 했으면 좋겠다. 어쨌거나 그들은 피해자들이니까.

"그건 그렇고. 노차장, 전남편한테서 재결합 신청 들어왔다."

후우. 올겨울은 내근하며 집에서 지내고 싶었다. 그래서 당분간은 선발 리스트에서 빼달라고 했는데 재결합 신청이 들어왔다.

"언제부터요?"

"너무 오래 끌지 않았으면 하는 눈치더라."

"준비되면 말씀드릴게요."

"그렇다고 서두르진 말고."

"네."

"초혼 뒤 재결합은 성과 점수 높은 거 알지? 잘했어."

상무가 내 어깨를 살짝 누르고 자리로 돌아갔다. 이상하다. NM에서 만나는 별종들은 어지간하면 그런가보다 하고 참게 되는데, NM 밖에서 만나는 별종들은 도무지 참을 수가 없다. 내가 그들 때문에 이 세계에 머무는 것이 아님에도 그들을 원망하게 된다. 가만 두면 자생적으로 예뻐질 세상을 그들이 자꾸 훼손하는 것만 같다. 사랑, 그거 안 해도 좋으니까 가만히 있는 사람 건드리지나 말았으면 좋겠다. 엄태성으로 인한 피로가 너무 심하다. 조용히 내 일을 할 수 있는 곳으로 가야겠다. 나는 왜 늘 NM으로 도망치는 걸까.

6

오랜만에 손세차를 하고 왁스 코팅도 했다. 출장 때마다 회사 지하 주차장에 세워두고 다녀, 삼년 된 차의 주행 거리가 만 킬로미터를 넘지 않는다. 이번 여행으로 만 킬로미터 분기점을 넘길 것 같다. 내키지 않는 여행이므로 어지간하면 차선을 변경하지 않았다. 새 차를 길들이려고 고속도로에 나온 것처럼 시속 백 킬로미터 안팎으로 얌전히 달렸다. 출장 전에 얼굴을 한번 보이는 것이 낫다. 최소한의 보고로 어머니의 호출을 피해야 한다. 그마저 하지 않으면 어머니의 일방적인 '대화'를 들어야 한다. 단 한번도 성과를 내지 못한 대화다. 언성도 높여봤고, 잠시 떠나보기도 했다. 그래도 어머니는 한결같았다. 안 된다. 안 되는 거다. 앞으로도 역시 안 된다. 이제 어머니를 피하는 방법을 안다. 안 되는 것으로 알고 있는 것처럼 구는 것. 서로 안 됨의 형태가 달라 아귀가 맞지 않으므로 달리 방법이 없다. 그래야 겉으로라도 평범한 모녀처럼 지낼 수 있다. 내비게이션이 칠백 미터 앞에 출구가 있다고 안내했다. 표지판을 확인했다. 언제 여기까지 왔을까. 졸음운전처럼 감각 없이 달렸다. 꼭 사람 같아 징그러운 공사 알림마네킹이 안전바를 흔들었고, 몇개의 긴 터널도 빠져나왔는데, 선명하게 의식하고 차를 몬 기억이 없다. 네시간가량을 그토록 멍하니 달렸다. 등골이 서늘하다. 내키지 않는 목적지는 왜 이렇게 빨리 나타나는 걸까. 막히지 않은 도로를 원망했다. 차가 도로를 쭉쭉 빨아 마시며 너무 매끄럽게 달려온 것 같다.

톨게이트를 빠져나오니 바로 시내 중심이다. 작고 아담한 도시다. 오빠가 다니는 마트도 보인다. 화려한 만국기와 대형 세일 현수막이 무색할 정도로 앞이 한산했다. A시는 면적은 넓지만 인구수가 십만을 넘지 않는다. 시내 전통시장과 인근 마을 전통시장이 매우 활성화된 곳이다. 심지어 오일장이 마을마다 열린다. 워낙 인심 좋은 지역이라 덤 같은 건 일도 아니어서 웬만한 마트 사은행사에는 주민들이 무덤덤한 모양이다. 오빠는 아직까지 기대할 만한 실적을 올리지 못하고 있다. 그래도 부모님은 이

곳을 좋아했다. 도시에서만 살았던 터라 전통시장을 돌며 군것질하고 찬거리를 마련하는 게 새로웠던 모양이다. 산 바람 맞고 싶으면 도시락을 싸서 지리산 중턱 쉼터에서 먹고 온다. 늘 산을 바라보며 사니 정상까지 오르지 않아도 좋은 것 같았다. 개천 건너에 아파트가 있다. 아파트는 지겹다더니 또 아파트다. 화단에 앉아 있던 어머니가 내 차를 보고 일어섰다. 나는 어머니에게로 서서히 다가갔다.

"여기, 여기에 세워."

어머니가 가리키는 곳에 차를 세웠다.

"밥은? 뭐 좀 먹었어?"

"대충. 아빠는?"

"내려올 거야. 너 데리고 장에 간다고 잔뜩 멋 내고 있다."

어머니가 아버지에게 전화를 걸었다. 그동안 잠시 다리를 풀었다. 오자마자 시장을 가자니. 일부러 날을 맞춘 것도 아닌데 마침 시내에 오일장이 섰다. 아버지가 곧 내려왔다. 정장을 빼입고 중절모까지 썼다. 시장에 가는 옷차림이 아니다.

"다들 얼마나 멋을 내고 오는데. 늦었다. 가자."

다시 차를 몰아 시청 앞으로 나왔다. 지방의 시청은 느낌이 비슷하다. 건물이 높지 않고 주차장이 넓다. 화단이 아기자기하게 꾸며졌고, 입구에 지역 관광을 위한 안내소가 있다. 시장은 시청과 멀지 않았다. 늘 있는 전통시장에 오일장이 겹치면서 도로 앞까지 상인들이 자리했다. A시 사람들이 여기에 다 모여서 시내가 한산했나. 연말 명동 거리처럼 인파가 몰렸다. 전국의 노인들도 다 모인 것 같다. 정류장의 할아버지 할머니 행렬을 보면 버스 한두대로는 모자랄 것 같다. 내가 시장에서 가장 먼저 감탄한 것은 주차장과 화장실이다. 특히 화장실은 손님을 맞는 집처럼 깔끔하고 예쁘게 관리되고 있었다. 전통시장에 대한 나의 오해와 편견을 단번에 날렸다. 아버지가 먼저 인파를 뚫고 시장으로 들어갔다. 볼거리가 많아 아버지를 따라잡을 수가 없다. 저기 못생긴 도넛에서 맛있는 냄새가 난다. 기름에 반죽을 마구 찢어 넣는다. 일단 먹어보자. 그런데 아주머니가 오천원을 오만원으로 잘못 들었는지 끝도 없이 담는다.

"저기, 저는 오천원어치만……"

"먹다 남으면, 뒀다가 레인지에 딱 30초만 돌려서 먹어요."

도넛을 먹으며 걸었다. 맛있다. 겉은 바삭하고 속은 촉촉하고 쫄깃하다. 바닥에 놓인 대야에는 미꾸라지가 물보다 많다. 엄청난 양의 딸기도 오천원에 판다. 사는 사람이

미안한 가격이다. 윤기가 좋고 향이 진하다. 만원어치는 즙을 내서 목욕을 해도 될 것 같다. 오래전에 시정과 어느 유명한 오일장에 갔을 때는 무척 실망했다. 그곳은 오히려 마트보다 더 비쌌다. 어디서든 볼 수 있는 관광 상품들로 가득했고, 누가 다녀간 집이라며 현수막을 붙인 식당들의 호객행위가 불편했다. 이곳은 그런 현수막이 붙은 집이 없다. 그래도 어느 이름난 시장에 뒤지지 않을 만큼 사람이 붐볐다. 지방 특유의 전통시장 느낌도 물씬 난다. 말투에 특유의 가락이 있다. 쭉 이어 들으면 마당놀이 한 대목 듣는 기분이다. 어머니가 벌써 단골이 된 밑반찬 가게 앞에 섰다. 주인아주머니가 나를 본다.

"이 집 애기야?"

"우리 딸. 서울에서 잠깐 왔어. 올라갈 때 싸 보내려고."

어머니가 깻잎김치와 더덕장아찌, 참외장아찌를 달라고 했다. 아주머니가 이미 담은 것만큼의 깻잎김치를 더 넣는다. 파김치는 덤이다. 어머니가 미안했는지 손사래를 쳤다.

"시장에 왔는데 이런 맛도 있어야지."

아버지가 야심차게 데려간 곳은 순대국밥집이었다. 입구에 통통한 순대와 삶은 고기가 산처럼 쌓였다. 입구에 서 있던 주인 남자가 아버지를 알아본다.

"마나님하고 또 누구여? 못 보던 애기네?"

"우리 딸. 넌 이렇게 이쁜 딸 없지?"

"우리 막둥이 보면 놀라 자빠지겠네. 문 막지 말고 얼른 앉어."

식당은 다닥다닥 붙어 앉은 손님들로 북적북적했다. 한 할머니가 소금봉지를 들고 다니며 탁자에 놓인 작은 통에 소금을 채운다. 너무 자연스러워 주인과 아는 사이인 줄 알았는데, 그냥 부탁받은 손님이었다. 놀라 자빠질 만큼 예쁜 딸을 둔 주인 남자가 순대를 내왔다. 속이 선지로만 꽉 찬 피순대다. 처음 보는 순대라 깜짝 놀랐다. 나는 선짓 국도 먹지 않는다. 그래도 펄펄 끓는 순댓국에 넣어 한점 먹어보았다. 안에서 몰캉몰캉 나오는 선지가 입에 맞지 않았다. 나는 순대만 골라 아버지 그릇에 넣었다. 순댓국 에 들어 있는 부속 고기가 쏟아부었나 싶을 만큼 많다. 먹 어도 먹어도 줄지 않았다. 이 지역은 김치에 젓갈을 많이 넣는 줄 알았는데 오히려 어머니보다 적게 넣는 것 같다. 밑반찬들도 짜지 않고 담백하다.

"여긴 어딜 가도 다 맛있다. 손에 양념을 바르고 태어나 는 사람들 같애."

어머니는 이 지역 음식이 전국에서 가장 맛있다고 했 다. 음식 맛처럼 사람들도 좋아서 타지 사람이라고 험하게 대하는 것도 없다고 했다. 이 작은 곳에 그런 숨은 매력이 있었구나. 순댓국을 먹고 마저 시장 구경을 했다. 그리고 나올 때는 내 손에 뭔가가 바리바리 들려 있었다. 저게 뭐지? 생각하면 자동으로 내 손에 척 붙었다. 어머니도 시장에 처음 왔을 때 같은 경험을 했다고 한다. 맛있겠다, 좋다, 싸다, 그 생각만 했는데 자동차 트렁크가 꽉 찼다.

"느이 엄마가 얼마나 사대는지, 싸다면 저 영감들도 다 사겠더라."

"이 양반이 애한테 못하는 말이 없어!"

낮에는 시장을 다녀오고, 저녁에는 하천 산책로를 따라 조금 걸었는데, 금세 하루가 지났다. 아버지가 이불을 챙겨 거실로 나갔다. 나는 어머니와 함께 침대에 누웠다. 참 오랜만에 어머니와 함께 잔다.

"이번에는 중국으로 간다고? 밥 잘 챙겨먹고 다녀."

"중국에 맛있는 게 많대."

그러고는 할 말이 없다. 어머니하고 있으면 말이 사라진다.

"남만 연결해주지 말고, 네 짝 찾아야지."

"그래야지."

"꼭 오빠 같은 남자 만나서 살아."

"……"

"오빠처럼 착실하고 잘생긴 남자가 어딨니?"

"아까 시장에 싸게 깔렸더라."

"얘가 진짜…… 나는 니들 때문에 사는 거니까, 나중에 갚아."

어머니 말이 귀로 들어오지 않고 허공에 둥둥 떠다닌다. 어머니는 자식들 때문에 산다 하고, 아버지는 자식들이 불쌍해서 산다고 한다. 오빠와 나는 어쩔 도리가 없어 자식들이 되어주는 기분이다. 어머니는 체면 때문에 망부석이 된 사람이고, 아버지는 마땅한 대안이 없어 다시 돌아오는 사람이다. 슬쩍 어머니를 본다. 너무나 지루한 얼굴을 하고 있다. 아버지는 늘 화가 난 사람처럼 보인다. 점점 타인이 되어가는 것 같다. 내 눈에는 남보다 더 남처럼 보이지만 그래도 다른 사람들 눈에는 슬하에 일남 일녀를 둔 단란한 부부로 보이겠지. 오빠와 내가 이혼을 반대하는 것도 아닌데 왜 이렇게 사는 걸까. 차라리 허울뿐인 관계에 매달리지 않고 씩씩하게 혼자 사는 옆집 할머니가 더 행복해 보인다. 우리 집은 아무것도 하지 않아도 피곤이 쌓인다. 졸리다.

커다란 종이꽃을 머리에 꽂고, 치맛단이 여러겹으로 된

화려한 드레스 차림으로 포크댄스를 추는 꿈을 꾸었다. 치마 끝을 살짝 잡고 인사하며 돌고 돌아, 결국 어머니 앞에 서는 꿈이었다. 왔니? 돌아봐야 별거 없지? 입술이 굳어 말을 할 수 없는 지독한 꿈이었다. 그 꿈에서 나를 깨운 건 오빠였다.

"오빠 출근한다."

하며 쇼핑백을 내밀었다. 마트 사은품 목베개 네개와 아이패드 충전기가 들어 있다. 충전기 잭이 휘었다고 한 걸 기억하고 있었다. 고마운데 정품이 아니라 짝퉁이다. 그래놓고 중국에서 들어올 때는 명품시계를 사 오라고 한다.

"롤렉스 만원짜리 하나 사다 줄게."

"면세점 이용하자. 알았지?"

흠, 목베개에서 고무 냄새가 난다.

"사은품이라고 너무 싸구려 쓴 거 아냐?"

"바람 넣어서 조금 두면 금방 냄새 날아가. 조심해서 다녀와라."

오빠가 방에서 나갔다. 나는 쇼핑백을 내려놓고 곧장 화장실로 들어갔다. 미루적거리다가는 어머니의 정갈한 아침상을 받아야 한다. 절에서처럼 침묵하는 식사자리가 불편하다. 나는 대충 씻고 선크림만 바른 뒤 곧장 신발을

신었다. 이제 한동안 보지 못할 딸을 위해 일찍부터 아침
을 준비했을 어머니에게는 미안하지만 도리가 없다. 사람
이 불편하니 음식마저 그러하다. 아버지와 어머니가 주차
장까지 나와 배웅했다. 아버지가 어제 장에서 산 반찬들
을 트렁크에 실었다.

"빈속으로 올라가서 어쩌냐? 아빠랑 추어탕이라도 하
고 갈래?"

"어제 많이 먹어서 괜찮아."

"가다가 휴게소 들러서 뭐라도 먹어."

"응."

"출장 가면 물 조심해서 마셔라."

어머니의 말에 살짝 고개를 끄떡이고 천천히 액셀을
밟았다. 마지못한 걸음이었기에 떠날 때는 기분이 좀 나
을까 싶었지만, 여전히 무겁다.

"뭐 하나 맛없는 게 없다."

할머니는 어머니가 챙겨준 밑반찬을 맛보았다. 곧 출장
이라 남김없이 다 드렸다.

"니네 엄마는 영감님하고 맛있는 거 먹으면서 호강하
고 있구나."

"거기 참 좋아요. 한번 가보세요."

"그래야지……"

할머니는 요즘 마음이 뒤숭숭하다. 아들 내외가 빚만 남기고 사업을 접었다. 자기들 사정은 뒷전에 두고 젊은 오빠만 찾는다고 할머니에게 험한 말까지 했나보다. 어쩌겠나, 사랑이라는데. 만일 사업이 잘됐다면 만나라고 했을까. 이러한들 저러한들 할머니의 사랑이 못마땅했을 것이다. 할머니는 저녁 늦게까지 봐줘야 하는 손자 때문에도 속이 터진다. 욕은 욕대로 듣고 애는 애대로 보고 있다. 이 또한 어쩌겠나. 하나밖에 없는 손자인 것을. 그래도 눈썹 문신은 새로 했다. 전에 했던 문신이 파란색으로 변해 레이저로 지우고 다시 했다. 얼굴이 점점 무서워진다. 쌍꺼풀은 왜 아직 자리를 잡지 못하는 걸까. 계속 가다가는 젊은 오빠한테 집을 사준다고 해도 도망갈 것 같다.

7

  남편과 내가 혼인서약을 했다. 전무가 성혼선언문을
낭독했다. 급조한 전문주례 같은 느낌도 살짝 든다. 당신
들도 긴 주례사 싫지? 얼른 마치고 밥이나 먹읍시다, 하
는. 상무가 NM에서 준비한 결혼반지를 남편과 내게 끼
워주었다. 보석 하나 없는 14K 실반지다. 지난 결혼 때 받
은 민무늬 반지와 달리 빗살무늬가 들어갔다. 두개를 같
이 끼면 예쁘겠다. 남편과 내가 역시 NM이 준비한 샴페
인을 터뜨리는 것으로 결혼식이 끝났다. 재결합이어서 더
욱 간소했다. 집을 나서던 상무가 내 손을 잡고 반지를 만
졌다. 코끝이 빨갛게 달아오른 얼굴로 예쁘게 살라고 한
다. 예쁘게. 그렇게 살아야겠지요. 딸을 시집보내는 어머
니 같다. 전무와 상무가 탄 BMW가 파밭 옆을 지나간다.
파밭 한쪽이 뭉텅 패었다. 그 많던 파가 어디로 갔을까. 부

케 같던 하얀 파꽃이 참 예뻤는데. 괜히 가슴 한쪽이 허전했다. 남편이 내 어깨에 팔을 둘렀다. 나도 남편의 허리에 팔을 둘렀다.

"우리 신랑 오늘 멋있네."

"신경 좀 썼지. 들어가자."

비즈 장식 하나 없이 치마 주름만 살린 하얀 원피스를 벗었다. 첫날부터 너무 편한 티셔츠 차림은 예의가 아닌 것 같아 태가 예쁜 홈웨어 원피스로 갈아입었다. 재계약은 처음이다. 같은 집에 같은 짐을 두번 푼다. 이렇게 빨리 돌아올 줄 알았으면 쓰던 물건을 버리지 않았을 텐데. 내가 사용하던 옷장 서랍을 열었다. 남편이 뒤에서 안는다.

"당신이 노 할까봐 걱정했어."

"한번만 더 노 하면 퇴사야. 당신한테 쓰기는 아깝잖아."

"삼년짜리로 할 걸 그랬네."

"그럼 노 했겠지."

"왜?"

"나도 바꾸는 맛이 있어야지."

짐을 미처 다 풀지도 못한 채 뜨거운 회포를 풀었다. 이 남자가 왜 이럴까. 이번 결혼의 설정은 섹스중독자인가? 일단 남편과 몸을 맞췄다. 그동안 방음 잘된 녹음실에서 포르노만 봤나보다. 전과 달리 과감한 체위를 시도했다.

트렁크

전희도 신경 쓰고 나를 허벅지에 앉히기도 했다. 짧은 스킬로 자주 자세도 바꿨다. 그런데 뭔가 하다 말다 하다 말다 한다. 이 유니크한 섹스는 대체 뭘까. 그러고는 곧 혼절하듯 내 위로 풀썩 쓰러졌다. 다양하고 과감해졌는데 꽉 차지 않는 건 여전하구나. 그러면서 왜 자꾸 좋으냐고 물을까. 당신은 내가 빨다 말다 빨다 말다 하면 좋겠어? 나는 자신의 신기술에 만족하고 나자빠진 남편을 두고 화장실로 갔다. 이 남자는 왜 이렇게 이 결혼에 진지한 걸까?

남편의 주사는 여전했다. 술에 취하면 꼭 술을 사 왔다. 이제는 그러려니 한다. 그런 것으로 스트레스 받고 스트레스 줄 생각 없다. 기분에 따라 골라 마시기에 좋고, 요리할 때 나름 유용하다. 술 먹다 죽은 사람은 봤어도 술 사다 죽은 사람은 못 봤다. 다만 골라먹는 재미만큼 허리에 군살이 쌓이는 게 문제다. 남편은 안주 없이 잘 먹지만 나는 안주가 없으면 안 됐다. 남편은 내가 안주를 먹기 위해 술을 마시는 사람 같다고 했다. 이대로 가다가는 삼십 인치 허리로 서른을 맞을 것만 같다. 훌라후프도 하고 줄넘기도 해봤지만 군살은 태연하게 영역을 넓혔다. 눈에 띄는 성과가 없으니 지루하기도 했다. 그래서 마당의 잡초를 제거하기 시작했다. 매일 일정한 구역을 정해놓고 기계 대신 가위로 서걱서걱 잘랐다. 조금 조금 잘라도 금세 페인트 통을 채운다. 오늘은 남편이 직접 잔디를 태우겠다며 신문지와 라이터를 들고 나왔다. 남편이 불을 놓는다. 따닥따닥 소리를 내며 불이 타오른다.

"나 내일 회사에 다녀온다."

"같이 스피커 보러 가려고 했는데, 무슨 일 있어?"

"상무님이 식사하재. 오후에 나가서 저녁 먹고 올 거야."

"할 수 없지."

유대리가 결국 아이를 지웠다. 조금 더 쉬어도 되는데 바로 출근했다. 위로가 필요하다. 우리까지 눈감으면 기댈 곳이 없다. 내일 저녁은 유대리를 위한 자리다. 상무가 그 자리에 나를 부른 건, 내가 그녀의 사수였기 때문이다. 처음부터 순진한 구석이 있었다. 노만 하다가 퇴사할지라도 괜찮은 상대가 나타날 때까지는 무조건 노를 할 거라고 못 박았다. 그리고 첫 남편을 만났다. 괜찮았으니 예스 했을 테고, 그의 아이도 기꺼이 가졌다. 그러나 낳을 수는 없었다. 안 그래도 혼란한 첫 결혼을 너무 아프게 통과했다. 직장생활이 참 뜻대로 되지 않는다. 나는 쑤욱 뽑은 잡초를 페인트 통에 던져 넣었다.

"여보, 당신 밖에서 한 결혼 어땠어? 이런 거 물어봐도 되나?"

"일단 물었으니 된 걸로 치고, 그냥, 내가 행정 처리된 것 같았어."

매번 음주측정기를 부는 것 같고, 도로 곳곳에 설치된 카메라 때문에 달리다가 급브레이크를 밟는 느낌이었다고 한다. 나쁜 의도가 아니기에 따질 수도 없었다. 따지면 공익을 거부하는 꼴이 돼버렸다. 늘 비슷한 패턴의 다툼이었다. 그러면 안 되잖아. 안 되지. 근데 왜 그래? 몰라. 잘못한 건 알아? 알아. 근데 왜 같은 실수를 반복해? 동거 때도 비슷한 다툼이 있었다. 그러나 결혼 뒤 벌어지는 설전은 완전히 달랐다. 나는 법적으로 당신을 교정할 자격이 있는 사람이야. 그 느낌이 너무 강했다고 한다. 남편은 그런 것을 매우 힘들어했다.

"결혼 이후에는 모든 삶이 관여당해. 심지어 국가가 헤어지는 것까지 관여하잖아. 둘이 합의했는데 왜 법원을 가야 하지? 혼인신고처럼 파혼신고 하면 안 되나? 그러면 앞다퉈 이혼할 줄 아나봐. 나라가 나서서 이혼하라 해도 하지 않을 사람들은 절대로 안 해. 이혼 대책으로 같이 살 배우자를 마련해주는 것도 아니면서."

"대책이 없으니까 일단 막고 보는 게 아닐까? 아, 결혼 그거 되게 피곤하네."

"내 경우 그랬다는 거지. 왜? 결혼에 대한 환상이라도 있어?"

"글쎄. 그래도 아프다고 하면 제일 먼저 달려오는 건 남편 아닐까?"

"제일 늦게 나타나서 싸우는 부부도 상당하지."

남편이 마른 가지를 똑똑 부러뜨려 페인트 통에 넣으며 피식 웃는다. 그러면서 자신의 결혼생활을 마치 남의 일이었던 것처럼 건조하게 말했다. 끝없는 사막을 달리는 것 같았던 결혼. 타고 가는 캠핑카가 아무리 좋아도 오아시스밖에 생각나지 않았던. 어딘가에 있을 것 같은 막연한 환상에 더욱 목말랐다고 했다. 남 보기에는 충분한 식량과 연료를 가지고 달리는 것 같았지만, 남편은 물통 하나 차고 낙타에 몸을 실은 사람을 부러워했다. 설상가상으로 캠핑카가 저도 힘들다며 계속 푸념했다. 자신은 사막을 달릴 차가 아니라는 것이다. 각각의 이유로 힘들었고 더이상은 서로 원하는 것이 없어 헤어졌다고 한다.

"그래도 당신은 남 눈치 안 보고 그럭저럭 잘 헤어졌나 보네."

"결론으로 말하니까 쉬워 보이지. 이혼은 도중에 죽는 한이 있어도 물병 하나 들고 캠핑카를 떠나는 거야. 물병 도 없이 새끼를 주렁주렁 매달고 떠나는 사람도 있어. 캠핑카가 구제불능 폭발 직전이라면 떠나야지 별수 있어?

그 자리에서 다 죽느니 뭐라도 해보고 죽는 게 낫잖아. 근데 폭발하지 않을 가능성도 있는데, 앙갚음으로 운전대를 뽑고 타이어를 펑크 내고 떠나는 건 아닌 것 같아. 다른 운전자를 만나면 더 잘 달릴지 누가 알아.”

“당신하고 전처, 누가 캠핑카였어?”

“둘 다. 운전자였다가 캠핑카였다가, 계속 반복돼. 그게 결혼이야.”

“왜 NM 회원이 됐어?”

“사막에서 빠져나왔으니까.”

“이제 오아시스는 필요 없겠네?”

“사막만 아니면 모든 게 오아시스지.”

남편이 집게를 내려놓고 마당 탁자로 나를 밀어붙였다. 어스름하고 잔잔한 저녁, 남편의 화톳불 같은 열정에 살짝 당황했다. 지금은 내가 오아시스인가보다. 가만히 남편에게 몸을 내준다. 당신이 행복하다면야. 그런데 탁자에 닿은 배가 너무 차갑다. 난생처음 해보는 마당 섹스가 이토록 불편할 줄이야. 탁자 표면이 거칠어 살이 쓸리는 것 같다. 잠깐만, 하고 몸을 일으켰다. 차라리 탁자에 걸터앉는 게 나을 것 같았다. 탁자에 앉아 의자에 다리 하나를 올리고, 다시 와봐, 했더니 남편이 신나서 달려든다. 그리고 신나게 사정해버렸다. 자기도 민망했던지 나를 안고 웃는다.

"이따가 다시 달리자. 당신 여기서 다리 올리니까 진짜 세다."

그저 피식 웃고 한쪽 다리에 걸쳐 있던 팬티와 바지를 올려 입었다. 남편이 사정한 정액이 흘러나와 아래가 축축하다. 얼른 씻어야겠다. 손수건이라도 들고 나왔으면 좋았으련만. 이제 마당에도 티슈를 놓아야 하나. 남편에게 먼저 들어간다고 말하려는데, 초인종이 울렸다. 징. 징. 징. 누구냐고 물어도 대답 없이 초인종만 계속 울렸다. 남편이 달려가 대문을 열었다. 누군가 섰는데 남편에게 가려 얼굴이 보이지 않았다.

"누구십니까?"

대답이 없다. 남편이 몸을 돌려 나를 보았다. 그제야 남자의 얼굴이 보였다. 엄태성. 현기증이 났다. 땅이 내 몸의 피를 순식간에 빨아들인 것만 같았다. 저 남자가 왜 저기 있는 걸까. 빌어먹을 떡케이크 상자를 여전히 들고 있다. 당신, 왜 이러십니까. 타인의 감정을 읽지 못하는 사람인가. 아니, 상관없는 사람 같다. 매일 아침 리셋되는 사람처럼 늘 처음과 같은 모습으로 나타난다. 그가 방문 판매원 같은 미소를 띠며, 안녕하십니까, 하고 인사했다. 저 남자의 태연함과 쾌활함에는 어쩐지 연극적인 데가 있다. 남편이 아는 남자야? 하는 눈빛으로 나를 보았다. 소개팅했던 남자라고 짧게 말했다.

"들어오시겠습니까?"

남편이 살짝 비켜섰다. 엄태성이 마당을 두리번거리며 들어왔다. 될 수 있으면 마당 탁자에서 끝내고 싶었다. 하지만 내가 머뭇거리는 사이 남편과 엄태성이 탁자를 지나쳤다. 페인트 통의 불씨가 사그라지고 모깃불 같은 연기가 조금씩 올라온다. 한가롭고 목가적이었던 풍경에 갑갑함이 내렸다. 저 남자, 사람 참 숨 막히게 만든다.

엄태성을 거실로 안내하고 서둘러 맥주를 챙겼다. 불청객이므로 안주 따위는 챙기지 않았다. 나는 맥주가 든 쟁반을 탁자에 내려놓았다. 엄태성이 떡케이크 상자를 내쪽으로 밀었다. 시정이 집으로 가져온 박스와 모양이 같다. 둘이 공구라도 했냐. 다짜고짜 쳐들어온 주제에 빈손으로 방문하는 결례는 범하지 않았다.

"오기 전에 바로 찐 거예요."

"고맙습니다."

나는 떡케이크 상자를 한번 보고 그 앞에 맥주를 놓았다. 이 남자를 어떻게 해야 하나. 이 집은 어떻게 알았을까. 이 결혼을 훔쳐보고 어떤 계획을 세운 걸까. 유부녀가 소개팅을 했으니 얌전히 위자료라도 내놓으라는 건가. 내가 저를 유혹해서 잠이라도 잤나. 설사 잤대도 뭐 어쩌라고. 간통죄 폐지됐다, 개새끼야. 나를 살짝 불러서 협박하는 것도 아니고, 어쩌자고 쳐들어온 것인가. 남편은 말없이 맥주를 마시며 상황만 주시했다. 내가 해결해야 할 남자다. 매번 되풀이되는 이런 상황이 너무 싫다. 스쿼시처럼 공을 세게 치는 만큼 세게 튕겨 나온다. 벽을 향해 호기롭게 공격하다 결국 내가 나자빠지는 것이다. 나는 이미 이 남자의 등장만으로 진이 다 빠졌다.

"오신 이유가 있을 텐데요."

"안에서 보니까 더 좋네요. 건평이 꽤 되겠는데요? 직접 살려고 지은 집이죠? 외져서 팔 땐 고생 좀 할 것 같은데."

엄태성은 내 물음과 상관없이, 이 집의 마감재와 마당 활용도에 대해 잠시 떠들었다. 그대로 두었다. 말도 안 되는 천연덕스러움에 소름이 돋았다. 그동안 내가 정상이 아닌 사람을 상대하고 있었다. 완력으로 내쫓아도 다시 웃으며 나타날 사람이다. 유부녀였냐고 따지지도 않았다. 나 역시 내 뒤를 밟은 것에 대해 따지지 않았다. 이미 벌어진 일에 잘잘못을 따져 더 피곤하게 얽히고 싶지 않았다. 앞으로가 문제였다. 나는 전원주택 텃밭용 채소에 대해 떠드는 그의 말을 끊었다.

"떡 주러 온 것 같지는 않은데요."

"아, 그거 그거, 그것 때문에 왔어요."

"뭐요?"

"나 사기꾼 아니에요."

"네?"

"생각을 많이 했는데도 막상 말하려니까 복잡하네요. 횡설수설해도 이해해주세요. 어, 네, 떡 강좌에 나갔어요. 거기 사람들하고 차도 마시고 그랬습니다. 이런저런 얘기를 했죠. 왜 여자가 괜찮다고 소개해주는 여자는 다 이상하냐. 그런 말을 했던 것 같습니다. 예, 내가 그랬어요. 농담이었습니다. 근데 시정씨가 발끈하더라고요. 너무 아까워서 아무한테도 소개해주기 싫은 친구가 있다는 거예요. 그래서 그렇게 말하고 소개받는 여자가 제일 별로더라, 했죠. 조금 옥신각신하다가 인지씨를 만났습니다. 옆에서 부추기기도 했고요. 일이 그렇게 된 겁니다."

그랬군. 그것이 엄태성과 내가 만나게 된 경위였다.

"비누 깎아서 만든 사람처럼 매끈매끈한 게, 괜찮았습니다. 그게 답니다."

"그런데 왜 자꾸 찾아온 거예요?"

"그냥 간 겁니다. 일을 방해하진 않았잖아요."

엄태성이 맥주를 마시고 기침까지 하며 웃었다.

"아이고 웃겨라. 맥주 맛있네요. 온도가 딱 좋아요. 아, 내가 처음에 뭐라고 했죠? 어, 사기꾼. 나 사기꾼 아니에요. 자꾸 가니까 돈이라도 노린 줄 알았나봐요? 아니지. 나는 그게 궁금한 거야. 그러니까, 사람을 왜 그렇게 싫어해요? 내가 왜 싫어요? 내가 뭘 했는데?"

맥주를 한모금 마셨다. 처음 내 몸이 감지했던 두려움을 이제 알 것 같다. 자기 자장 속에 사는 사람이다. 다른 사람들은 저 막을 뚫지 못한다. 나의 심각한 거절이 그에게 먹히지 않는 이유다. 일인극처럼 자신이 한 말을 자신이 듣고 동의하며 행동한다. 내게 남편이 있는 것도 중요치 않은 것 같다. 우리는 단순 관객이므로 그의 연극을 지켜보기만 해야 한다. 공감능력이 없어 매우 일방적이다. 철저한 자기 질서 속에서 행동하므로 무례라는 것을 모른다. 싸워서 될 일도 아니다. 이 정도면 사이코다. 웃자고 할 때 쉽게 쓰던 말인데 실체를 보니 웃을 일이 아니었다.

"근데, 퇴사한 건가요? 아니면 삼층 직원은 재택근무도 가능해요? 대답 안 할 거지요? 언제는 대답한 적 있나요. 근데, 나 사기꾼 아니에요. 뭐 그게 중요한 건 아니지만. 그러니까 내 말은, 왜 싫어하느냐 이 말이죠. 왜 그런 겁니까? 보자마자 싫어하는 경우는 뭐죠? 내가 뭘 했습니까? 따지는 건 아니고, 그냥 궁금해서요. 아, 그 떡 한번 볼래요? 흑

미가루로 테를 둘렀더니 얌전해 보이고 좋더라고요."

왜 싫어하냐고. 어떻게 말해줄까. 존재가 그냥 싫은데. 합리적인 이유를 대면 그때는 수긍할까. 보편적인 합리성이 작동하지 않는 사람 아닌가. 설혹 싫은 이유를 제거한다 해도 좋아질 사람이 아니다. 끔찍하다. 시간을 끌 만큼 끌었는데 구조대는 왜 아직 소식이 없나. 이 업체가 출동이 늦다더니 정말 심각하다. 어서 빨리 이 남자 좀 끌고 나갔으면. 현장으로 엄태성 난입. 맥주를 챙기면서 상무에게 구조문자를 보냈었다. 그런데 여태 감감무소식이다.

구조대는 엄태성이 조금 더 떡에 대한 예찬을 늘어놓은 뒤에야 도착했다. 상무가 두 남자와 함께 왔다. 사전에 약속한 사람처럼 경쾌하게, 좀 늦었습니다, 하며 들어왔다. 그리고 엄태성에게도 반갑게 인사했다.

"어머, 우리 여기서 또 보네요?"

상무가 같이 온 한 남자에게 엄태성을 소개했다. 남자가 선뜻 악수를 청했다. 머쓱해진 엄태성이 우물쭈물 손을 내밀었다. 그리고 팔이 뒤로 꺾이며 제압당했다. 또다른 남자가 손수건으로 그의 입과 코를 막았다. 힘없이 눈을 감는 것으로 보아 강한 마취제 성분이 묻은 것 같았다. 사람을 이렇게 끌고 갈 줄이야. 순식간이었다. 두 남자가 엄태성을 침낭에 넣고 나가기까지 긴 시간이 걸리지 않았다. 포악한 들개를 포획하는 것 같았다. 상무가 남편에게 인사를 했다.

"늦어서 죄송합니다."

"괜찮습니다."

나는 상무를 배웅하러 마당으로 나왔다.

"죄송합니다."

"괜찮아. 잘 처리할게. 놀랐겠다."

"네."

"그래도 침착하게 잘 대응했어."

"근데 그 사람……"

"알아서 할 테니까, 얼른 들어가. 남편 기다린다."

세상이 왜 이리 난폭할까. 나 따위가 감히 토를 달지 못하게 한다. 그러므로 아무 일 없는 듯 웃는 얼굴을 해야 한다. 여기는 NM의 세상이다. 엄태성을 제압하는 동안 난장판이 된 탁자를 정리했다. 이 집에 다른 사람의 흔적은 없어야 한다. 맥주가 넘어지고 떡케이크 상자가 바닥에 떨어졌다. 남편이 내가 든 쟁반을 빼앗아 다시 탁자에 내려놓았다.

"그 남자한테 관심 좀 주지 그랬어."

"사생활 좀 존중합시다."

남편이 어느 틈에 단단해진 성기를 내게 밀어넣으며 마당에서의 약속을 지킨다. 한 남자가 사이렌도 울리지 않는 응급차에 실려 갔다. 당분간 무연고자 신분으로 요양병원에서 지낼 것이다. 그곳에서 중증 환자가 될지도 모른다. 억울할 겁니다, 엄태성씨. 이들은 당신을 허락하지 않습니다. 이런 소란을 좋아하지 않습니다. 정신이 온전치 못한 채 나올 수도 있다. NM은 그가 밖에서 하는 모든 말을 헛소리로 만들 것이다. 좋아? 응. 그는 남편을 이토록 흥분시킨 오늘의 이벤트를 마지막으로 사라졌다. 처음 내가 거절했을 때 그냥 떠났으면 안 됐을까. NM의 구조는 직원을 위한 활동이 아니다. 철저히 회원을 위한 서비스다. 회원이 불편하고 거추장스러워하는 것을 완벽하게 차단한다. 오늘 남편은 미쳤다. 좋아? 그래.

8

　약속을 깨고 싶을 만큼 몸이 축축 처졌다. 하지만 어제 일에 대한 경위서를 쓰기 위해서라도 회사에 나와야 했다. 말을 가리지 않아도 되는 사람들과 술도 마시고 싶었다. 죄송합니다, 잘못했습니다라는 말이 백번 넘게 들어간 경위서를 썼다. 요리 생각해보고, 조리 생각해보고, 일백번 고쳐 생각해봐도, 제가 잘못했습니다. 문장이 늘수록 술이 간절했다. 사는 게 왜 이렇게 좆같냐. 상무도 눈치 채고 다른 직원들 모르게 유대리와 나만 슬쩍 빼돌렸다. 상무가 묻는다.

　"하룻밤 사이에 왜 이렇게 수척해졌어?"

　"소개팅한 죄로 불타는 서비스를 했거든요."

　"그럼 에너지를 보충해야지. 마시자!"

　우리는 소주잔을 부딪치고 단번에 마셨다.

"유대리는 어때? 몸은 괜찮아?"

내 말에 유대리가 가만히 웃었다. NM은 일시적 사랑이다. 우리가 FW라는 걸 잊으면 안 됐다. 정해진 기간 동안에만 허락되는 사랑이다. 사고는 자신이 번외로 특별하다는 착각에 빠질 때 터진다. 회원들에게 우리는 그저 똑같은 FW들이다.

"아기를 그렇게 싫어하는 남자는 처음 봤어요."

어쩌면 우리 몸을 통한 아기가 싫었던 것은 아닐까. 그가 그렇게 말한 것만으로도 고맙다. 유대리에게 갖춘 최소한의 예의였을 것이다. 그렇게 말했다면 그런 줄 아는 게 낫다. 부정하면 괴롭다. 아기를 낳는 것조차 허락되지 않는 몸. 그 몸을 스스로 사랑할 수 없게 된다. 유대리 역시, 상대가 다른 남자였다면 다른 선택을 했을 수도 있다. 우리도 아무 남자의 아기나 낳는 건 아니지 않나. 모든 섹스가 아기를 낳기 위한 행위는 아니다. 소중한 생명은 반드시 지켜야 한다는 말은, 선한 자의 선한 마음으로만 존중할 뿐이다. 출산의 종용과 축하의 꽃다발로 인사를 마친 사람들에게 기대할 것은 아무것도 없다. 유대리가 끝내 아기를 낳지 않았다 해서 비난할 생각도 없다. 나는 생명을 경시했다고 질타할 만큼 성숙한 인간이 아니다. 유대리가 눈물을 보였다. 많이 아프겠지.

"많이 흔들렸지만, 누구 말처럼 기회로 만들 거예요."

저런 말은 자기 위안일까 호도일까. 내가 겪은 바로는, 위기는 위기였을 뿐이다. 위기가 기회로 전환될 확률은 매우 희박했다. 때문에 기회로 만들 기회가 없었다. 오히려 위기에 갇혀 판단이 흐려졌고, 흐린 판단으로 뒤에 있을 고통을 예측할 수 없었다. 내가 NM 스카우터의 손을 잡은 건 탈출도 기회도 아닌 위기의 이동이었다. 사막은 남편의 결혼생활에만 존재했던 것이 아니다. 내게는 세상 전체가 사막이었다. 살아남는 게 오히려 신기하고, 타인의 갈증에 무섭도록 냉담한 곳이었다. 서걱서걱. 나는 한 모금의 물이 간절했는데 내 입의 침마저 말랐다. 고개를 숙이면 그 참에 목뼈를 부러뜨리려 했고, 고개를 들면 날선 칼로 목을 치려 했다. 뭘 원하시는 겁니까. 복종. 골목대장만 됐다 싶어도 눈에 보이는 게 없는 인간들이 많았다. 모래밭에 푹푹 빠지더라도 원하는 방향으로 걷고 싶은 만큼만 걸을 순 없는 걸까. NM은 허위를 감춘 사막이고, NM 밖은 허위로 포장된 사막이다. 아주 어렸을 때는 어른만 되면 세상이 나를 알아줄 것이라 믿었다. 그러나 어른이 된다는 건 내가 세상을 알아버리는 것이었다. 유대리가 급히 돌아온 이유도 알 것 같다. 저 바깥세상이 언제 우리를 두 팔 벌려 환영한 적 있었나. 소주가 목을 할

퀴면서 넘어간다.

상무가 분위기를 띄우려고 현재 NM 결혼 중인 한 회원의 얘기를 꺼냈다. 나의 세번째 남편이다. 소설가인 그는 바깥에서는 진지한 인사로 통하지만, NM에서는 희극적 인물로 손에 꼽혔다. 이번에는 젊은 아내와 야간 버스에서 장난치다 파출소까지 갔다고 한다. 기사가 백미러로 보고 이상하다 싶어 파출소 앞에 멈춘 것이다. 나이 지긋한 양반이 손녀 같은 여자와 진한 키스를 해대니 얼마나 놀랐겠나. 후배가 상무에게 곧장 연락했고, 다행히 상무가 사는 곳과 멀지 않아 바로 수습했다. 안 그랬으면 볼만한 기사가 날 뻔했다. 상무가 주의를 주니, 나도 한번 해보고 싶었어, 하더란다. 아이고, 이 양반아.

"그런 일은 어떻게 수습해요?"

"집사람입니다, 하니까 구두 경고로 끝났지. 근데 사람들이 그 작가 잘 모르더라. 이름을 대도 몰라. 그분도 늦게 눈떠서 고생이다. 노차장은 어땠어? 보고서 보면 큰 문제는 없던 것 같은데."

"그냥 그랬죠 뭐."

부부싸움을 가장 많이 한 결혼이었다. 평생 할 욕을 그와 살 때 다했지 싶다. 태초에 씨발을 입에 올린 자에게 영광 있으라. 그래도 짐을 싸지 않은 건 가끔 보이는 그의 귀여운 구석 때문이었다. 연애 경험이 별로 없는 독신이라 못다 푼 성욕을 이제 쏟아내느라 바빴다. 그냥 죽기에는 억울한 것 같았다. 젖꼭지가 헐어 연고를 바른 적도 있다. 약을 보여주며 당분간 위는 건드리지 말라고 했더니, 그가 조용히 물었다.

"애기들은 그거 바르고 어떻게 젖을 먹는대? 먹어도 되는 약 아니래?"

"뭐라고?"

"아냐."

글을 쓸 때 내가 그의 가랑이 사이에 얼굴을 묻길 원한 적도 있다.

"내가 입사 이래 처음 징계받는다, 씨발. 작가님, 내가 당신 섹스 하녀로 온 줄 아십니까? 더러워서 진짜. 간밤에 처음 몽정한 소년처럼 왜 이래? 가만히 있어도 미치겠어? 작작 좀 하세요."

"나 아직 마음은 이팔청춘이야."

"그럼 그 짓도 텔레파시로 하든가!"

경험은 부족한데 욕구는 늘 과했다. 욕조에서의 섹스는 침대에서와는 전혀 다르다. 물의 압력으로 피스톤 운동이 거의 불가능하다. 완벽하게 밀착해 천천히 내부의 움직임으로 하는 섹스다. 그런데 무슨 와일드한 영화를 그토록 봤는지, 제대로 삽입도 못하면서 철퍽철퍽 목욕탕을 물바다로 만들었다. 수영 선수도 물속에서 그렇게 허리를 쓰면 박살날 텐데. 아니나 다를까 곧 어, 안 되겠다, 하고 일어나 목욕탕을 나갔다. 조용히 목욕하는데 기어들어와 난장판을 만들어놓고 나간 것이다. 언제는 직접 물어본 적도 있다.

"왜 이렇게 서둘러요?"

"나 죽으면 화장하라고 할 건데, 사리 나오면 쪽팔리잖아."

한창 젊었을 때, 그는 명성이 깨지는 것을 두려워했다. 명성에 어울리고 그걸 공고히 할 여자를 만나고 싶었지만, 눈은 명성보다 더 높았다. 사리를 걱정할 만큼 고독하게 산 이유다. 그저 그런 여자를 만나는 건 죽을 때 사리가 나오는 것만큼 쪽팔렸다. 남들도 역시! 할 여자였다면 모닝커피를 침대로 가져다주는 남편이 됐을 것이다. 그러나 그런 여자 대부분은 다른 남자의 아내가 되었다. 그의 곁에는 오히려 그에게 십이첩 반상을 차려준대도 못마땅한 여자뿐이었다. 점점 시간이 흐르자, 소반만 차려줘도 좋을 여자마저 사라졌다. 왜 아직 결혼을 못했을까 의심받았다. 그 시기마저 지나니 차라리 이혼남이 더 나은 때가 되었다. 결혼 경험이 없어 어쩐지 미숙해 보이는 것이다. NM 자체 조사에서도 결혼 경력이 없는 나이 든 독신남에 대한 선호도가 이혼남의 그것보다 낮았다. 이유로는 독선적일 것 같다가 압도적으로 많았다. 심지어 기타 의견에는 이혼남보다 성적 매력이 떨어진다도 있었다. 사실은 기타 의견이 1위 아니냐며 우리끼리 웃기도 했다. 독신녀에 대한 조사 결과도 크게 다르지 않았다. 결혼 경력이 없는 독신녀에 대한 조롱과 희롱도 심했다. 결혼을 안 한게 아니라 못한 여자로 만들었다. 같은 여자에게 받는 상처도 심각했다. 결혼을 안 했어? 결혼을 벼슬처럼 어깨에 건 여자를 만난 적 있다는 독신녀가 상당수였다. 이혼녀도 비슷한 의견을 내놓았다. 결혼을 유지 중인 것에 우월감을 나타내는 여자를 만난 적 있다고 했다. 그리고 못 박는 말. 내가 틀린 말 했어? 글쎄, 삶의 형태를 두고 틀렸다, 맞았다 단정 짓는 게 과연 옳은 걸까. 그래서 결혼은 해보고 후회하는 게 낫다고 하나보다. 여하튼 만기파경 후 그와 비슷한 연배의 청혼이 연이어 들어왔다. 그에게 질린터라 연달아 노를 했다. 나이 격차별 수당이 아무리 높아도 더는 감당할 자신이 없었다. 그에게 NM은 어떤 세상일까. 만기파경 뒤 결혼보고서를 작성할 때, 나는 그가 글을 쓸 때처럼 쓰고 지우고를 반복했다. 좋은 배우자는 아

트렁크 83

니었지만 부정적으로 쓸 수가 없었다. 그가 혼잣말처럼 가만히 했던 말이 자꾸 떠올랐다. 그때 사랑을 다 쓰지 못해서……

"그나저나 유대리, 임신은 경험 미숙으로 돌려보겠지만, 이런 파혼은 징계수위가 높아서 감봉은 각오해야 할 거야."

"네. 그런데 좀 빨리 리스트에 넣어주시면 안 될까요?"

"왜? 내근하면서 좀 쉬어."

"살 집이 없어요."

살 집이 없다. 유대리 얼굴을 보지 못하고 검지로 소주 잔 주둥이만 문질렀다. 집안의 생계 때문에 이 일을 하는 FW도 있지만, 이런 경우는 매우 드물다. 개인 사정이 어떻든 얼굴에 가난과 고난이 밴 사람은 스카우터가 애초에 지목하지 않기 때문이다. 그런 사람을 배우자로 선택할 회원은 없으니까. 단순 성매매로 알고 온 사람들은 거의 다 NM 결혼기간 중 파경하고 퇴사한다. 일반 직장인보다 연봉은 높지만, 그렇다고 텐프로 여성들과는 비교도 안 되니까. 바로 돈이 들어오는 맛도 없다. 매달 급여 통장으로 입금되는 월급을 기다려야 한다. 그마저 자유롭게 쓸 수 없다. 계약기간 동안은 회원의 아내로만 살아야 하기 때문이다. 여하튼 백이면 백만큼의 사연이 있을 것이다. 일일이 캐묻고 싶지 않다. 다 이유가 있겠지. 취직하는데 대단한 사명감이라도 밝혀야 하나. 그런 건 자기소개서에나 쓰면 될 일이다. 성스럽거나 천박한 이유 따위는 없다. 이유가 성스러우면 격이 달라지나. 유대리가 마음에 드는 이유다. 충분히 구구절절한 삶이었음에도, 그런 거 말해서 뭐해요, 하고 그냥 웃었다. 태어나긴 했는데 부모의 존재를 명확하게 알지 못했고, 원래가 나타났다 사라지기를 반복하는 존재인가, 하며 살았다. 집주인도 쉽게 쫓아내지 못할 만큼 처량한 아이였다. 그럼에도 자신의 아픔을 다른 사람에게 옮기지 않았다.

"나는 그냥 늘 어딘가에 살고 있더라고요. 그래도 좋은 분들이 꽤 많았어요. 제가 말 안 해도 도와주고 좋은 데도 소개해주고……"

어린 나이에 과연 가능했을까 싶을 만큼 고되게 전전하며 살았다. 제 발로 찾아갔든 누가 소개해줬든 잠시라도 머물 수만 있다면 기어들어가 살았다는 것이다. 살았다기보다는 살아낸 세월. 그러다 어느덧 고등학생이 되었고, 이때는 또 누군가의 소개로 어린이집 주방 구석에 파티션을 치고 살았다. 폭 좁은 간이침대가 책상이었고 옷장이었으며 집이었다. 급식 아주머니가 챙겨준 음식을 먹

트렁크

고 청소를 했다. 부모가 늦도록 데리러 오지 않는 아이와 놀아주기도 했다. 앞치마 담요 수건 들을 세탁기에 돌리고, 어두운 계단을 올라가 옥상에 널었다. 비가 오면 깊은 새벽이라도 걷어내야 했다. 졸업한 뒤에는 수업의 자잘한 일도 도왔다. 소풍이나 견학이면 선생들의 개인 용품을 챙겼고, 아이들과 화장실도 가야 했다. 그러던 어느날, 돌아보니 작은 토기 공방에 앉아 있었다. 어린이집 원장이 쥐여준 얼마간의 돈으로 창 없는 고시원 방을 얻었다. 옆방에서 하품하는 소리가 들릴 만큼 얇은 합판으로 된 좁은 방이었다. 그러나 자신을 다 가려주는 독방을 가져본 적이 없었으므로 행복했다. 공방 수련생 생활도 나쁘지 않았다. 조금 일찍 나와 재료를 준비하고 조금 늦게까지 남아 정리를 하면, 고시원 방값은 낼 정도의 임금을 받았다. 작품을 팔 수 있는 날이 오면 창문 있는 방으로 옮겨야지 할 무렵, 아버지가 나타났다. 돈 좀 있냐? 가진 전부를 주었는데도, 그는 돈이 생기면 연락하라며 전화번호를 남기고 사라졌다. NM에 출근하기 전, 유대리는 아버지에게 전화했다. 그리고 다시 찾아온 아버지에게 월급 통장을 내주었다. 상무가 왜 그랬냐고 물으니, 그래야 하는 줄 알았다고 한다.

"그래서, 아버지가 잘 모아두셨대?"

"전화번호를 바꿔서 연락이 안 돼요."

"통장 다시 만들어. 그 돈 쓸 자격 없는 사람이야."

"결혼하면 필요 없잖아요. 집도 생기고."

다시 고시원으로 돌아간 유대리는 살 집이 필요하다. 창문으로 밖을 볼 수 있는 집에서 조용히 살고 싶단다. 그 정도 능력이 있는 배우자라면 누구라도 좋다고. 전에 호기롭게 말한 괜찮은 남자란 게 겨우 그거였나. 그렇다면 NM에서 유대리가 노를 할 회원은 없는 거였다. 상무가 손톱으로 탁자를 도도도 두드렸다.

"그 인간 지금 어디 있는지 정말 몰라?"

"몰라요."

"어떻게 모를 수가 있어!"

"늘 그렇게 살았어요."

상무가 지갑에서 카드를 꺼내 유대리 앞에 놓았다.

"일단 창문하고 화장실 있는 방으로 옮기고 기다려. 다이렉트로 넣어줄 테니까."

울컥하지만 눈물을 흘릴 수가 없다. 유대리가 웃는데 내가 어떻게 우나.

"고맙습니다. 곧 갚을게요."

"누가 갚으래? 얼른 다른 통장 만들어. 월급하고 수당, 분할해서 넣어줄 테니까. 혹시 월급 줄었다고 아버지한테서 연락 오면 나한테 연결해. 회사 사정이 안 좋아서 삭감했다고 말해줄게."

"……"

"야, 나는 너 부잣집 막내딸인 줄 알았다."

하하하! 유대리가 웃는다. 나도 상무도 웃었다. 웃지만, 서로 아직 더 속 깊은 말은 꺼내지 않았다는 것을 알고 있다. 너무 무거워 보통 힘으로는 끌어올릴 수가 없다. 겨우 꺼낸다 해도 나누어 가질 수 있는 짐이 아니다. 내 짐이 무거워 남의 짐을 들어줄 여유가 없다. 너도 나만큼 무겁구나, 공감하고 바라봐줄 뿐이다. 상무가 유대리와 나의 행복을 위해 건배를 제안했다. 그런 그녀에게 목까지 올라온 질문을 하지 못했다. 그 사람, 엄태성씨. 잘 지내나요? 왜 내게 잘못된 정보를 준 건가요? 사기꾼은 아닌 것 같은데, 왜 그러셨어요? 상무님은 우리들의 대모니까, 그렇게 말했어야 할 이유가 있었겠지요? 건배.

택시를 타고 집으로 향했다. 차 안에서 보는 바깥세상은 늘 멀다. 이제 나하고 어울리지 않는 세상 같다. 어머니를 피해 자발적으로 NM으로 망명한 뒤부터 늘 그렇다. 아무리 달아나도 어머니를 피할 수가 없었다. 어린 딸을 겁탈한 아버지나 뜨거운 다리미로 지진 어머니도 몇년 형량을 마친 뒤 다시 돌아오는데, 만나는 상대를 규제하는 어머니를 무슨 수로 피할까. 내게는 한없이 예쁜 사람이, 어머니에게는 왜 그토록 더러웠을까. 내가 아직도 그를 사랑하는지는 모르겠다. 하지만 어머니 대신 사과는 해야 한다. 미안해요. 어머니를 전혀 이해하지 못하는 것은 아니다. 그런 교육을 받고 그렇게 자라 그래야 하는 줄 안다. 같거나 비슷한 모습의 사랑, 그것에서 벗어나는 것을 받아들이지 못한다. NM은 분명 기이했지만, 당시에는 내가 어머니에게서 도망칠 수 있는 유일한 세상이었다.

"이것도 아니고 저것도 아니고, 갠 더 더러워."

내게 했던 저 말을 제발 그에게만은 하지 않았길 바랄 뿐이다.

9

　서리가 빨라 벌써 잔디가 누렇게 떴다. 넓은 마당이 제
대로 모양 갖춘 나무 한그루 없이 황량하다. 눈이 와도 눈
꽃이 필 나무가 없다. 대문 옆에 겨우 있는 벚나무는 벚꽃
마을 토지분양회사에서 구색용으로 선물한 것 같다. 잔디
가 푸를 때는 그나마 봐줄 만했는데 이제는 죽은 마당 같
다. 남편은 장식하고 꾸미는 것에 전혀 관심이 없다. 어제
는 일부러 전구 전문상가까지 가서 트리용 꼬마전구를 몇
다발 사 왔다. 마른 벚나무를 전구로 꽃피워볼 생각이었
다. 가지를 따라 꼬마전구 전선을 붙였다. 한소리 들을까
봐 살짝 걱정했는데, 남편이 목장갑을 끼고 나와 함께 했
다. 케이블 타이로 척척 고정하며 능숙하게 붙이는 모습
이 듬직했다. 남편이 아니었다면 꼬박 며칠에 걸쳐 완성
했을 것이다. 차고 콘센트를 연결해 늘어진 전선이 눈에

띄지만 흉하지는 않다. 벚나무 트리만으로도 마당이 따뜻해 보인다. 크리스마스까지 한달여 남았지만 미리 보는 트리도 나쁘지 않았다. 이 집은 너무 차갑다. 건물 외관은 회색 콘크리트를 그대로 드러내고 있고, 실내는 온통 대리석이다. 천장이 높아 난방을 해도 체감 온도가 낮다. 흔한 화목난로조차 없다. 창문을 막고 있는 편백나무 블라인드마저 각지고 차갑다. 벽에 코스모스 유화라도 하나 걸었으면. 남편은 오늘 친구들과 모임이 있다. 술자리가 늦어질 것 같다며 차도 놓고 갔다. 조용하다. 내가 꿈꾸던 산속 작은 집은 아니지만 원했던 적막은 비슷하다. 그런데 왜 이렇게 생판 남의 집에 있는 것만 같을까. 이 집은 사람을 품어주는 기운이 없다. 오직 남편만 이 집과 어울린다. 그에게 특화된 집 같다. 남편에게 문자를 보냈다.

— 집에 다녀올게. 자고 올 거야. 차 쓴다.

— 핸들 온열 버튼 어디 있는지 알지? 따뜻하게 다녀와. 오늘 춥다.

다정한 문자에 잠시 웃었다. 묘하게 따뜻한 구석이 있네.

경비실에서 방문증을 받아 자동차 와이퍼에 끼워뒀다. 집에 오면서 방문증을 받는 건 어색하지만 역시 우리 집이 편하다. 커피자판기 버튼을 눌렀다. 원망은 원망대로 하면서 버튼을 보면 저절로 손이 간다. 커피 노즐에 더께 하나 쌓이지 않았다. 할머니가 부지런히 청소했나보다. 그냥 가지래도 그러네. 나 없어도 실컷 드시라고 현관문 비밀번호를 알려주고 갔다. 식탁에 할머니가 모아둔 우편물이 쌓였다. 대부분이 홍보용 카탈로그다. 대중목욕탕 신발장처럼 다닥다닥 붙은 우편함에 이름을 그대로 노출한 채 꽂혀 있었을 것이다. 이웃에 회사 로고를 노출하는 홍보 전략인가. 고객의 피로와 범죄의 위험은 어떻게 막을 것인가. 이름과 주소를 보고 찾아가는 건 고전적 범죄 수법 아닌가. 그동안 우리 집에 아무 일이 없었던 것은 기적에 가깝다. 신의 가호가 있었던 게 분명하다. 나는 우편물에서 주소와 이름만 찢어내고 종이 박스에 던졌다. 그리고 그때 신의 손길로 우리 집 우편물을 챙겨주는 옆집 할머니가 찾아왔다.

"불이 들어와 있어서 깜짝 놀랐다. 너 벌써 왔냐?"

"회사에 일이 생겨서 잠깐 왔어요. 내일 가야 해요."

커피를 빼서 할머니에게 주었다. 후루룩후루룩 숭늉처럼 드신다. 진심으로 자판기에 커다란 리본을 달아 선물하고 싶다.

"우리 판교로 이사 간다."

할머니는 결국 아들네와 살림을 합치기로 했다. 아들

네 살림집을 마련하느라 이미 저당 잡힌 집을, 아들네 빚 때문에 세까지 놓았다. 세입자에게 돌려줄 전세금을 마련하기 전까지는 돌아올 수 없다. 그래도 할머니는 아들네를 안쓰러워했다. 너무 이른 나이에 부모가 되어 그 나이에 누려야 할 것들을 놓쳤다. 아이는 사랑하는 과정으로 자연스럽게 들어와야 했다. 그런데 초입부터 최종 결과처럼 들어서서 삶이 아이 위주로 변했다. 아이를 두고 변화를 시도하는 것은 거의 불가능했다. 변화는 없고 현재 상태만 억지로 유지하다보니 빚만 늘었다. 젖동냥이라도 해서 새끼를 키우는 게 부모라고, 동냥처럼 빚을 얻어 생계를 유지하다보니 빚에 압사당할 위기에 처했다. 할머니는 자신이 넉넉지 않은 것을 미안해했다. 그랬다면 아들네도 수월하게 살았을 텐데.

"근데, 부모는 언제까지 자식한테 미안해해야 하는 거냐?"

"이제는 자식이 고마워해야 할 때죠."

"우리 집은 새끼나 부모나, 다 애 같아."

"이사 가면 이제 젊은 오빠 못 만나겠네요."

"땅 넓은 중국으로 가면 못 만날까. 지방에서 오는 할멈도 있어."

이쯤 되면 존경해야 한다. 할머니는 언젠가 쓸 날이 올

트렁크

것이라는 믿음으로 집을 만물상으로 만들었다. 버리는 한이 있어도 샀다. 종교다. 질투 많은 오빠의 부름으로 날로 물건이 쌓였다. 젊은 오빠는 할머니의 심리를 이용했다. 성적 판타지와 핑계를 동시에 준다. 어떤 젊은 것이 할머니들 좋으라고 노래를 불러주나. 어차피 공연 보러 가도 돈 내야 하는데, 거기서 편하게 들으면 좀 좋은가. 환상 속 정사의 연인. 할머니가 오죽 풀 데가 없으면. 아침저녁으로 산책한다고 성욕이 사라지나. 정부는 대체 뭘 하고 있는 것인가. 백세시대. 독신 노인 성욕해소센터 하나쯤은 개설해야 할 것 아닌가. 노인을 위한 섹스는 없다.

"저도 한번 구경 가볼까요?"

"안 돼. 어린것들은 안 받아."

노인 전용 클럽인가. 달랑 한채뿐인 집을 세놓고 나가는 게 아들네 빚 때문만은 아닌 것 같다. 몇십만원짜리 장뇌삼을 산삼이라고 몇백만원에 사 오는 할머니도 이사의 이유에서 자유로울 수 없다. 할머니는 다른 할머니들까지 끌어들였다. 노인들을 상대로 한 다단계다. 아껴 써야 죽는 날까지 겨우 버틸 수 있는 돈마저 젊은 오빠에게 헌금한다. 얼마나 더 살겠나 하고 즐겼다. 바닥을 쳐야 목숨이 생각보다 질기다는 것을 깨달을 것이다. 없는 사람 주머니는 왜 이렇게 쉽게 털릴까. 할머니는 이런 상황에서도 젊은 오빠를 욕하지 않았다. 오히려 동남아 어딘가로 공짜 여행을 보내준다며 칭찬했다. 공짜? 그동안 순진한 할머니들 등쳐먹은 게 얼만데 공짜라고 생색을 내? 깨알 같은 양심이라도 남았다면 그 입 닥쳐라.

"이제 너 보는 것도 쉽지 않을 것 같은데, 건너가서 술 한잔할래?"

"좋지요."

할머니가 직접 담근 매실주를 꺼냈다. 저기 노란 인삼주는 젊은 오빠를 위한 술이다. 젊은 오빠한테서 산 중국산 삼은 자신이 먹고, 젊은 오빠한테 줄 술은 농협에서 산 삼으로 담갔다. 물건도 더 늘었다. 회사만 다른 청소기와 스팀 걸레가 두개씩이다. 저 과즙들은 다 어떡하나. 블루베리, 크랜베리, 복분자, 배, 포도…… 아들네와 의절하지 않은 게 용타. 아들네는 안 팔린 물건들이 쌓였고, 할머니네는 사들인 물건들이 쌓였다. 할머니가 따라준 매실주를 마셨다. 달다.

"젊은 오빠 보러 너무 자주 가는 거 아니에요?"

"니네 엄마처럼 서방님 끼고 사는 것도 아닌데, 맘대로 놀지도 못하면 되겠냐. 니네 엄마가 가자면 갈 것 같애? 가도 한두번 가고 말지. 가끔 영감한테 머리채 잡혀 끌려

나간 할멈도 있긴 있다만, 그런 영감하고 사니까 그런 데 나오는 거 아녀."

"할아버지가 일찍 돌아가셨나봐요?"

"안 죽었어. 잘 살고 있어."

할머니는 법적으로 미혼이었다. 서로밖에 보이지 않던 젊은 시절에 잠시 함께 살다가, 할아버지가 본처에게 돌아가는 바람에 헤어졌다고 한다. 사랑의 증표로 옆집 오빠만 남았다. 그랬던 할아버지가 어느날 홀연히 나타나 이 집을 선물하고 다시 떠났다. 세를 놓을망정 팔지 못하는 이유다. 할머니는 아버지가 아들에게 물려준 집이라 여겼다. 뒤늦게라도 잡지 그랬냐는 내 말에, 할머니가 고개를 저었다. 늦게라도 잊지 않고 나타나 모자를 챙겨준 것만으로도 충분하다고 했다. 그리고 여전히 본가 형님에게 미안해했다. 어떤 남자기에 이토록 자존심 센 할머니가 내연녀가 됐었을까. 적어도 동거녀 따위 나 몰라라 하는 남자는 아니다. 왠지 로맨티시스트 같다. 할머니도 지금은 과한 수술로 부자연스러운 얼굴이 됐지만, 젊을 때 사진을 보면 놀랄 만큼 예쁘다. 그런 여자를 두고 돌아오게 만든 본가 형님은 또 얼마나 대단한 인물인가. 그런데 할머니는 그중 제일 잘난 사람이 할아버지라고 강조했다.

"우리 아들 보면 모르겠냐? 지 애비를 꼭 박아서 인물이 끝내주잖아."

그건 좀. 자식한테 눈먼 어머니들은 어떻게 해야 할까. 심청이 백명이 떼로 인당수에 뛰어들어도 안 떠질 눈이다. 나는 옆집 오빠를 보자마자 뭐 저 따위로 생겼나, 상심했다. 어디서 저런 얼굴이 나왔을까 했었는데 범인이 아버지였다. 그런데 할머니는 그에게 왜 이리 무덤덤한 걸까. 사랑에 눈이 멀어 잠시 살림까지 합쳤지만 결국 현실을 깨달은 걸까. 가세요. 인간으로서 할 짓이 아닙니다. 가서 죄인의 심정으로 형님께 잘하세요. 굿바이. 그동안 본가 형님은 왜 한번도 덮치지 않았을까. 체통상 이혼은 못하겠으니, 그렇지 않아도 밉던 남편 옜다, 너라도 데리고 살아라, 한 것은 아닐까. 그렇게 한 이년 살았는데 이 화상이 다시 돌아왔다. 오 마이 갓! 이래서 조강지처만 고생이다.

"뒷바라지도 못했는데 우리 아들이 좋은 대학을 가서 많이 걱정했다."

"왜요?"

"들어보니까, 형님 아들이 내내 재수하고 있다잖아. 배는 달라도 형인데, 동생이 더 번듯하면 되겠냐?"

"그건 아니죠. 오빠가 무슨 죄예요?"

"원죄야. 부모가 지은 죄에서 벗어날 수가 없어. 그게 제 새끼 낳았다고 사라지는 게 아냐. 손자한테까지 물려주지 않으면 다행이지. 세상이 변해도 늘 그것 때문에 힘들어할 거야."

"에이. 오빠는 오빠 능력대로 사는 거죠."

"아이구, 애, 너 아직도 우리 아들 좋아하는구나?"

웬일이야. 그런 말씀하시려면 제발 근거 좀. 나는 마땅한 대답을 찾지 못해 대신 술을 쭉 마셨다.

"눈 딱 감아줄 테니까, 한번 어떻게 해볼래?"

"예?"

"농담이야. 아쉬워도 어쩌겠냐. 지 짝 찾아서 살고 있는데. 그놈은 잊고 다른 놈 찾아봐. 여자든 남자든 나이 들어서 혼자면 안 돼. 너 지금 혼자 있으면 안 된다고. 어릴 때는 어려서 하는 사랑이 있고, 나이 들면 나이 들어 하는 사랑이 있다. 애들은 똥밭에서 굴러도 예쁘니까 많이 사랑해라."

급한 대로 방문증을 붙인 자동차 주인을 소개해줄까.

"내일 자판기 가져다 드릴게요. 선물이에요."

"그냥 둬. 놀러 가는 기분으로 간 거지, 집에 있으면 그 재미가 있냐."

"혹시 젊은 오빠 있는 곳에도 자판기 있는 거 아니에요?"

"있지. 백원이야. 근데 커피가 문제가 아니라, 젊은것이

나를 그렇게 찾는다."

정말 큰 똥통에 빠졌다. 똥독이 올라 보이는 게 없다. 계속 이렇게 나가면 바닥이 아니라 바닥을 뚫고 그 뚫린 구멍에 몸을 묻을지도 모른다. 설득도 안 먹히는 지점에 와 있다.

"할머니, 진짜 궁금해서 묻는 건데요. 젊은 오빠랑 혹시 그……"

"잤지. 내가 들인 돈이 얼만데."

다행이다. 왜인지 모르겠지만 일단 그건 그렇다.

"너도 자봤지?"

"뭐 그냥, 좀, 네."

"자는 건 좋은데 그 정에 빠지면 안 된다. 아니다 싶으면 딱 끊어. 질질 끌려다니면 너만 고생해. 한번 자면 서방처럼 구는 놈도 많으니까 조심하고. 불쌍해서 자주는 건 안 된다. 그거는 뭣도 절도 아녀. 몸 보시는 하는 게 아니라고. 알겠냐?"

갑자기 눈물이 쏟아졌다.

"돈하고 사랑은 똑같애. 없어도 지랄 많아도 지랄이야. 한 백명 만나면 든든할 것 같지? 하나 깊이 만난 것보다 더 헛헛해. 적당히 만나고 길게 사랑해라. 자꾸 갈아치운다고 더 좋은 놈 안 나타나. 총천연색이 한가지 색보다 선

명하지 못한 법이다. 알아듣냐? 나는 왜 너만 보면 불안불
안한지 모르겠다."

할머니는 조금 더 술을 마셨고, 나는 조금 더 울었다.

"근데, 한가지 색이 지랄맞으면 후딱 버려라. 알겠지?"

하하하. 내가 이래서 할머니를 좋아한다. 할머니는 내
게 감시 임무를 하나 주었다. 옆집에 누가 이사 오든, 못질
하는 소리가 들리면 꼭 기억해두라고 했다. 제 집 아니라
고 아무 곳에나 못질하는 사람이면 전세 연장을 하지 않
겠다고. 쇠못이 많이 박히면 집의 기가 막혀 쇠해진단다.
세든 사람은 계약한 만큼 살고 나가면 그만이지만, 집주
인은 나쁜 기운을 계속 안고 있어야 한다. 할머니는 그것
이 걱정이었다.

"그런 집에서 결국 초상난다."

"에이, 그런 게 어디 있어요?"

"예부터 갑자기 몸이 안 좋아지고 일이 안 풀리면, 집
안에 박힌 못부터 뽑았다. 잘 박힌 못도 오래돼서 녹슬면
뽑고 새 못을 박는 거야."

사람 사는데 못 하나 박지 않고 살 수는 없다. 하지만
저 집 또 박네, 할 정도로 자주 박으면 꼭 말해달라고 했
다. 우편물이라면 대신 보관하고 전단지라면 떼어줄 텐
데, 못 박는 건 어떡해야 하나. 저기요, 못 박으시면 안 됩

니다. 왜요? 초상나십니다. 할머니는 그런 난감한 임무를
주고 떠났다. 집을 판 것은 아니니 또 만나겠지만, 가족이
지방으로 내려갈 때보다 더 허전하고 서운했다.

10

남편이 크리스마스이브 파티를 준비했다. 토마토와 카망베르 치즈로 샐러드를 만들고 손이 많이 가는 월남쌈도 준비했다. 내가 한 일이라고는 고작 라이스페이퍼를 물에 불린 것밖에 없다. 평소에도 요리를 곧잘 하지만 오늘은 무척 진지하다. 너무 채소 위주 같아 찹스테이크라도 하려 했더니 남편이 막는다.

"메인은 누가 해 올 거야. 거기 식기 내놓은 거나 세팅해줘."

"누구 와?"

"응. 미리 말 못했네. 당신 괜찮지? 벌써 다 왔대."

남편이 편백나무 블라인드를 활짝 열었다. 벚나무 트리가 빛났다. 여태 괜찮았는데 갑자기 트리가 인체골격표본처럼 보인다. 전구가 성기다. 동네 치킨집 네온사인도 저

것보다 화려하겠다. 손님이 온다니까 별게 다 누추해 보였다. 별수 있나. 사는 거 그냥 보여주는 거지. 나는 너무 꾸민 티가 나지 않도록 연보라색 원피스에 흰 카디건을 걸쳤다. 곧 초인종이 울렸다. 남편이 나가는 소리가 들렸다. 나도 재빨리 얼굴에 파우더를 바르고 마당으로 나갔다. 남편이 소개하는 첫 지인이다. 어, 그런데 김차장이다. FH 김차장 부부가 왔다. 들고 온 피크닉박스를 보니 갑작스런 초대는 아닌 것 같다. 아내가 서너살 연상으로 보인다. 짧은 머리에 잘 어울리는 맑고 깨끗한 피부를 가졌다. 억지로 나이를 숨기지 않고 그대로 잘 꾸몄다. 예쁘다. 세련된 막내이모 같다. 카키색 목도리를 대충 돌돌 말듯 두르고 코트를 손에 들었다. 나는 처음 보는데, 처음 온 집이 아닌 것처럼 스스럼없이 행동했다. 그녀가 자신의 이름을 밝히며 인사했다. 정서연.

"어서 오세요. 노인지입니다."

남편과 김차장은 이미 낯을 익힌 것 같다. 깜짝 이벤트라기에는 나만 조금 뻘쭘한 상황이다. NM 부부 간 교류 금지 조항은 없다. 그래도 나만 모르게 일이 진행된 건 살짝 유감이다. 김차장과 가볍게 눈인사를 했다. 어쨌든 손님이니 일단 화색으로 맞았다. 연말이라도 낮에는 포근한데 이 지역은 밤낮으로 춥다. 서연이 외투를 입지 않아 더욱 한기를 느끼는 것 같았다. 서둘러 안으로 들였다.

"여보, 집 참 아늑하다!"

이 횅한 집이 아늑하다니. 어디 허허벌판에서 텐트 치고 살다 왔나. 남편이 서연에게 주방을 안내했다. 서연이 흘긋 주방을 보고 목도리를 벗어 대충 소파에 놓았다. 그리고 김차장이 들고 있던 피크닉박스를 건네받았다.

"주방은 우리한테 맡기고, 두 사람은 오랜만에 만났을 테니까 얘기 좀 나누세요. 아, 인지씨, 양고기 어때요? 저이가 양고기를 좋아해서 그걸로 했는데."

"저도 좋아해요."

서연은 손님보다 한발 늦게 도착한 안주인처럼 서둘렀다. 내가 손님이 된 기분이다. 좋을 대로 하세요. 나야 차려주는 밥 먹으면 좋지요. 희한한 손님이다. 남편과 서연은 주방으로 들어가고, 나와 김차장은 거실 소파에 앉았다.

"저 트리 좋다. 직접 만든 거지?"

"심심해서 만든 건데, 전구가 조금 모자랐어요."

"저대로 좋아. 손맛이 느껴져. 하하하."

트리에 대해 얘기하면서도 신경이 온통 주방으로 쏠렸다. 오븐에 고기를 굽나보다. 약간 들뜬 서연의 목소리가 들렸다. 그러나 남편은 없는 사람처럼 조용했다. 눈을 트리에서 떼지 않고 나직하게 물었다.

"어떻게 된 거예요? 잘하면 스와핑 하겠어요."

"그건 진짜 부부들이나 하는 거고. 우리가 하면 그냥 집단섹스야."

"나 모르게 무슨 작당을 한 거예요?"

"아직 모르나보네? 저 둘이 부부였잖아."

김차장이 트리를 보며 낮고 빠르게 말했다.

"동갑끼리 동거 삼년 결혼 삼년 그리고 이혼. 전구는 뭐로 붙인 거야?"

"케이블타이요. 남편이 거의 다 했어요."

그런 사이였구나. 친구와 부부 사이쯤에 놓인 관계. 서연이 먼저 NM에 가입하고, 나중에 남편에게도 권했다고 한다. 전생에 어떤 인연이었기에 저런 관계가 가능할까. 내가 좀 촌스러운 걸까. 만일 실제 아내였다면 그냥 두 분 계속 행복하세요, 하고 서둘러 빠져나갔을 것이다. 저런 특이한 인연에 들러리 설 생각 없다. 쉽게 정리될 관계가 아니다. 아직 놓지 못한 어떤 끈의 지지부진함도 마음에 들지 않는다. 외도 이상의 언짢은 만남이다. 우연한 만남도 거슬리는데 대놓고 이런 자리를 마련한다면? 댁들이나 실컷 처잡수세요, 하고 떠났을 것이다. 그나마 김차장이 와서 조금 낫다. 어떤 전조처럼 몇년 만에 우연히 회사에서 만나더니 오늘 이 집에 떡 나타났다. 우린 또 무슨 인연인가. 남편이 여보, 하고 불렀다. 음식이 다 차려진 모양이다. 그래, 즐기자. NM이 아니면 또 어디서 이런 진풍경을 보겠나.

서연이 케이크와 쿠키, 사인분의 양고기 스테이크를 준비해 왔다. 그것을 남편이 만든 음식들과 함께 차렸다. 애피타이저와 메인, 디저트가 한꺼번에 놓였다. 번거롭게 음식 때문에 누가 움직일 필요가 없다. 화끈하다. 우리는 와인으로 건배를 하고 순서에 상관없이 내키는 대로 먹고 마셨다. 가볍게 동네에 대해 얘기하고, 마당에서 독보적인 존재감을 뽐내는 벚나무 트리에 대한 감상을 얘기하고, 술이 조금 오르니 남자 여자에 대한 얘기를 하다가 자연스럽게 섹스에 관한 얘기로 넘어갔다. 그마저도 바닥을 드러내자 술만 마시는 모양새가 됐다. 우리 중 제일 술이 오른 것 같은 서연만 입을 쉬지 않았다.

"인지씨, 이 사람 아직도 술 먹으면 아무 술이나 막 사오죠?"

"네."

"술만 먹으면 술병이 예뻐 보인대요. 당신은 술병이면 그냥 다 예쁘지?"

남편이 키득키득 웃는다. 술병이 예뻐 보여서 사 왔다니. 미처 몰랐다.

"그것 때문에 엄청 싸웠어요. 여보, 인지씨는 박스로 버린 적 없어?"

"아직."

"나처럼 깨고 부수기 전에, 당신 주사 고쳐."

서연이 남편에게 여보, 당신 하는 게 거슬렸다. 아직도 남편을 사랑하고 있는 게 분명하다. 김차장과 나는 안중에 없는 것 같다. 있다 해도 고용된 사람 그 이상도 이하도 아니다. 남편이 내 의자 등받이에 팔을 두른 것을 계속 의식한다. 놀려줄까. 몸을 남편에게 비스듬히 기대고 입술을 살짝 내밀었다. 남편이 인사처럼 가볍게 키스했다. 서연이 애써 모르는 척하는 게 느껴진다.

"동거할 때도 결혼했을 때보다는 안 싸웠을 거야. 우린 결혼이 안 맞아."

서연이 과거는 과거일 뿐 구질하게 굴지 않는 사람처럼 건조하게 말했다. 자신이 매우 세련된 줄 아는 여자의 촌스러운 행동이다. 남편은 서연의 물음에 일일이 대답하지는 않았다. 하지만 그녀의 잔이 비면 술을 채워주고, 음식을 흘리면 냅킨을 챙겨주었다. 그녀가 여보, 하면 잠깐 봤다가 곧 고개를 돌리기도 했다. 그러자 김차장이 서연을 타박했다.

"당신은 왜 남의 남편한테 여보 여보 그래?"

"버릇이 됐나봐. 인지씨, 미안해요."

웃어야지 별수 있나. 서연씨, 애매하죠? 남편 끼고 와서 전남편 아내를 보기가 썩 좋지는 않죠? 남편을 여전히 독점하고 싶은데 생각보다 만만치 않고요. 손님이면 손님처럼 구세요. 주인 행세 하지 말고. 그래야 당신이 이깁니다.

"근데 CD가 하나도 안 보이네? 전에는 온통 CD더니. 그땐 벽에 아무것도 없는 집에 사는 게 소원이었어. 여보, CD 다 어디 있어?"

"이층 작업실에."

"이따 가봐야겠다. CD도 미운정이 들었나봐."

작업실은 나도 아직 올라가보지 않았다. 남편이 막은 건 아니지만 내가 올라갈 생각을 하지 않았다. 작업에 대해 일절 말을 하지 않기에 독립된 공간으로 두었다.

"말 나온 김에 가봐야겠다. 우리는 작업실 구경할 테니까 뒷정리 부탁해. 당신 괜찮지?"

어떤 당신일까. 작업실 출입 때문에 부른 남편일까, 뒷정리 때문에 부른 김차장일까. 두 당신 중 누구도 대답이 없다. 서연이 내 팔을 잡고 일어섰다.

"가요. 알아서 하겠지 뭐."

이층을 모두 작업실로 꾸몄다. 녹음 부스와 기계실도 아담하게 잘 꾸몄다. 복도처럼 길게 트인 CD보관실이 작은 도서관 같다. 어쩜 이렇게 빼곡할까. CD 하나를 빼려면 양옆의 것들도 딸려 나올 만큼 꽉 차 있다. CD장 위로 박힌 간접조명 때문에 조금 기괴한 느낌도 든다. 음악과 영화는 물론 백과사전까지 종류별로 있다. CD로 된 모든 것이 있는 방이었다. 맞은편 한쪽만 LP로 채웠는데, 저토록 많은 LP를 소장한 사람도 처음 본다.

"인지씨, 이 사람 잘만 킹 되게 좋아해요."

"영화 제목이에요?"

"이쪽으로 거장인 영화감독 이름. 하하하."

나는 라이언킹을 떠올리고 한 말이었는데, 서연이 손으로 바지 앞섶을 가리켰다. 그리고 곧장 기계실 옆 작은 방으로 들어갔다. 모니터 두대를 연결한 맥 컴퓨터와 건반이 있다. 악보 쪼가리라도 있으면 대충 무슨 곡을 쓰는지 알 것 같은데 티끌 하나 없이 깨끗하다. 서연이 보관실에서 CD를 들고 왔다.

"메탈리카 좋아해요? 우린 참 좋아해. 같이 살 때 늘상 들었어. 나중에 오리지널 LP로 들어봐요. 좋아. 어디, 오랜만에「웰컴 홈」한번 들어보자."

서연이 구석에 있는 오디오를 켜고 CD를 넣었다. 나는 저것이 오디오인 줄도 몰랐다. 그저 길쭉하게 생긴 어떤 음향기기인 줄 알았다. 볼륨을 얼마나 올렸는지 스피커가 연주를 쾅쾅 쏟아낸다. 끝장낼 듯 내달리는 연주가 압권이다. 메탈리카 3집. 눈물이 나려 한다. 고3 때 우연히 심야 라디오에서 듣고 음반을 샀었다. 빌어먹을 「오리온」! 서부에 관심도 없고 메탈리카 멤버가 그쪽 출신인지는 지금도 알 수 없지만, 막연한 서부적 서정에 심장이 멎었다. 내 귀에는 기타 연주가 뚜거덕뚜거덕 말발굽 소리로 들렸던 것이다. 단호하면서 치열하고 애절했다. 어떻게 한 곡에 다 담았을까. 시정아, 이 곡 끝내주지. 시끄러워, 소리 좀 줄여. 메탈리카는 내 십대의 마지막을 함께 달렸다. 아직까지는 엉망이지 않았던 내 십대.

"듣고 내려오세요. 맥주 준비해놓을게요."

"좋죠. 금방 내려갈게요."

주방이 깨끗하다. 청소는 남자들이 더 잘하는 것 같다. 힘도 좋고 꼼꼼하다.

"여보, 올라가봐. 서연씨가 어떤 음반 찾던데?"

"어떤?"

"메탈리카 LP?"

"갔다 올게. 아, 당신도 혹시 메탈리카 좋아하나?"

"레드 제플린 좋아해."

남편이 가볍게 웃고 이층으로 올라갔다. 남편을 서연에게 보냈다. 저 장소는 나보다 남편이 더 잘 어울린다. 서연이 남편과 공유했던 추억을 내게 되새김질하는 것도 불편했다. 그래도 밉지는 않았다. 얄밉기는 해도 이해 가능한 선이었고, 기본적으로 타인을 존중하는 품성을 가진 여자였다. 그래, 그동안 많이 보고 싶었지? 양고기 스테이크가 맛있어서 내가 인심 쓴다. 냉장고에서 맥주를 꺼내 김차장에게 건넸다.

"저 두 사람 시간 좀 걸릴 것 같은데, 우리 먼저 해요."

현장에 함께 있는 기분이 묘했다. 김차장도 이런 경험은 처음이라고 한다. 우리가 이렇게 만난 것도 우습지만, 저 두 사람이 스스럼없이 만나는 것도 우습다. 할리우드냐. 앙숙보다야 낫지만 깔끔하게 똑 떨어지는 맛이 없다. 동거 삼년. 결혼 삼년. 나머지는 친구. 참 다채롭게 산다. 남이 하는 건 다 해보고 나머지는 내 갈 길 간다, 그거지? 나쁘지 않네. 이혼을 꼭 누구 하나 작살난 뒤에 할 필요는 없으니까. 누군가에게 넌 이혼할 만해, 소리를 들으려면 지옥에서 굴러야 한다. 너무 많은 사람이 다른 부부 이혼의 심사위원이 되어 항목별로 심사한다. 외도, 폭력, 가사

노동, 육아, 수입, 잠자리 거부 등등 매 항목 점수를 매긴다. 그 정도면…… 얼마나 무책임하고 잔인한 말인가. 그 정도의 기준이 얼마일까. 밥그릇 사이즈가 같다고 먹는 양도 같나. 법적 승인보다 주변인의 승인이 더 까다롭다. 승인받지 못해 그냥 살다가 목이라도 매면, 이번엔 사후 심판자가 등장한다. 그 정도였으면 진작 나왔어야지 미련하게. 타인의 시선 때문에 자신의 삶을 포기하느니, 저 커플처럼 사는 것도 나쁘지 않은 것 같다. 그래도 그렇지, 이것들이 얼른 안 내려오고 뭐하는 건가. 방음 잘된 방에서 그 거장의 영화를 재현하고 있는 것은 아니겠지. NM 혼인규정 알아 몰라? 외도하면 파경인 거 알지? 규정 위반이면 환불 안 되는 것도. 고작 몇개월 살아놓고 결혼비용 날려볼래? 왜 이렇게 안 내려와. 나의 심판이 두렵지도 않은가.

"서연씨 어때요?"

"깜찍하지. 남편은?"

"그렇죠 뭐. 왜 안 와."

말하기가 무섭게 두 사람이 내려왔다. 입술을 본다. 키스했을까. 서연의 볼이 언제부터 저렇게 붉었지? 어디다 비벼댄 거야. 이것들이 정말…… 김차장이 서연을 불렀다.

"여보, 늦었는데 그만 가자."

"그래. 나도 술이 올라서 죽겠다. 여보, 택시 불러줘."

남편이 휴대전화로 콜택시 번호를 검색했다. 서연이 자꾸 나와 김차장을 등신 만든다. 맘대로 해라. 전남편이 당신 손바닥을 벗어나서 환장하겠지? 그런데 이제는 쿨하게 친구가 되셨으니 어쩌나. 친구하고 섹스하는 거 아닙니다. 서연이 나를 본다. 예의상 더 머무르라는 말 따위 하지 않았다. 조용한 웃음으로 그녀의 피곤을 인정했다. 남편이 콜택시 기사의 전화를 받았다.

"곧 온다는데, 나가지."

손님을 맞는 건 역시 피곤한 일이다.

십대 때, 나는 어떤 이십대를 꿈꿨었나. 벌써 이십대의 마지막까지 왔는데 모든 것이 엉켜버렸다. 나의 이십대의 마지막 크리스마스이브에 전처를 초대한 남편과 섹스를 할 줄이야. 듣지도 않은 「오리온」이 귀에 울린다. 얼핏 남자가 우는 것 같기도 했던 곡이다. 낯선 곡에 꽂혀 온종일 그 곡만 들어도 좋았던 예쁜 시절이 있었다. 괜찮아? 아파. 뚜거덕뚜거덕 멀어지는 말발굽 소리가 들리는 것 같다.

11

남편이 맑은 콩나물국으로 아침을 준비했다.

"무슨 와인을 막걸리처럼 마셔?"

"어제 그 와인 좋더라."

"내 주사를 와인으로 바꿔야겠네."

"그거 좋다. 설거지는 내가 할게."

식탁을 치우고 많지 않은 설거지를 했다.

You better watch out

You better not cry

You better not pout

I'm telling you why

Santa Claus is coming to town

Santa Claus is coming to town

남편이 작업실에서 작은 무선 스피커를 가지고 왔다. 아이패드와 블루투스로 연결했다. 작은 원형 스피커가 식탁 한가운데 꽃병처럼 놓였다. 재즈 가수가 부르는 캐럴이다. 경쾌하면서도 무게가 실렸다. 왠지 풍채 좋은 흑인 여가수일 것 같다. 흑인의 목소리에는 한국인의 정서와 비슷한 느낌이 있다. 경쾌한 리듬에도 해소하지 못한 눈물이 배었다. 그녀를 따라 불러본다. Santa Claus is coming to town. 남편이 마당에서 누렇게 뜬 잔디를 자근자근 밟고 있다. 담배를 잡은 손가락이 참 희다. 저 느린 움직임과 이 경쾌한 리듬이 묘하게 잘 어울렸다.

며칠 뒤, 회사 근처 커피숍에서 김차장을 만났다. 출장 중 약속은 되도록 회사 근처로 잡는다. 그래야 갑자기 아는 사람을 만나도 회사 핑계를 댈 수 있다. 잠시 서로의 근황을 묻고, 새로울 건 없지만 그런 일이 있었구나, 하는 정도의 회사 관련 사담을 나눴다. 김차장이 내게 할 말이 있는 것 같은데 쉽게 꺼내질 못한다.

"선배, 저한테 할 말 있죠?"

"그냥 바람 좀 쐬라고 불렀지. 그날 피곤해 보이더라."

김차장은 우리 직업을 다시 한번 상기시켰다. 우리는

NM 회원들에게 편의를 제공하는 사람들이다. 그들을 우선적으로 배려하고 조력해야 한다. 정신적 육체적 노동자인 것이다. 맞춤형 결혼 기술자. 그런데 그날은 내가 썩 매끄럽지 못했나보다. 혹시 무슨 일 있었냐고 묻는데 마땅히 할 말이 없다.

"입사한 지 육년쯤 됐지?"

"네."

"힘든 건 힘들다고 할 때도 됐잖아. 중도파경도 처음이 힘들지 해보면 별거 아냐."

"아직은 괜찮아요."

"다행이다. 일이 재밌는 사람은 없겠지만, 즐길 줄도 알아야지."

김차장은 매우 능동적이다. 만난 배우자를 재빨리 파악해 새로운 결혼을 설계했다. 어지간한 마찰은 웃어넘겼지만, 지나치게 독단적인 배우자면 바로 짐을 쌌다. 파경 전문 FH라는 별명이 괜히 생긴 게 아니다. 그는 상대에게 존재감을 확실히 각인했다. 그러나 대부분의 현장근무자들은 그것을 원치 않는다. 회원이 NM 결혼을 후회하지 않을 만큼의 만족도만 유지한다. 자신의 존재를 뒤이은 동료가 희석해주길 원한다. 결혼제도 부적응자, 자발적 결혼설계자, 통념적 차원에서의 결혼이 불가능한 자들을 위한 합리적 결혼시스템으로 삶의 질을 높인다는 회사 설립 취지를 수동적으로 받아들여 그만큼의 임무만 한다. 당장의 목마름으로 자판기에서 뽑아낸 배우자 같기도 하다. 일회성 관계가 누적될수록 공허함이 쌓인다. 재결합은 매우 드물다. 보통은 새 배우자를 만날 기회를 놓치지 않는다. 점점 쾌락에 빠지는 회원도 있다. 이 관계의 태생적 취약점이다. 회사는 어쩔 수 없는 부작용의 하나로 보고 회원들에게 주의를 요구하지만, 뒤로는 매우 요긴한 마케팅 도구로 사용하고 있다. 회원이 계속 늘고 있는 것으로 보아 NM은 지금보다 더 체계적으로 자리매김할 것이 분명하다. 그런데 나는 점점 힘에 부친다. 나를 싹둑싹둑 잘라서 파는 것 같다. 피곤하다. 우리에게도 안식년이 필요하다.

"내 와이프가 별스럽긴 하지. 그래도 그렇지, 뭘 그렇게 경계해?"

"제가요?"

"질투했잖아."

"언제요?"

김차장이 씨익 웃으며 커피를 마셨다. 내가 뭐가 아쉬워서 질투하나. 조금 얄미웠을 뿐이다. 그래도 회원님이니까 미소는 잃지 않았다. 일 생기면 내가 불리한데 싫은

티 내서 좋을 게 뭐가 있나. 그런데 김차장은 내가 할 서비스를 남편이 했다고 한다. 서연의 요구를 적당히 받아주면서, 이제 당신의 남편이 아니라는 선도 확실하게 긋더라고. 전에 우연히 같이 식사했을 때도 그런 모습을 읽었다고 했다.

"나는 친구라고만 알고 나갔는데 전남편이라는 거야. 공동명의로 된 점포 때문에 만난 거였더라고. 와이프가 이혼하고도 흐지부지 놔둔 걸 네 남편이 와이프 단독명의로 확실하게 정리했어. 그랬더니 와이프가 서운해하는 눈치더라. 네 남편이 선물이라고 하더라고. 선물이라는데 어쩔 거야. 그러더니 집사람하고 약속이 있다면서 먼저 가겠대."

"집사람이요? 저요?"

"너겠지."

"재결합했다고 하더라. 그게 넌 줄은 몰랐어. 하여간, 그 얘기 듣고 와이프가 갑자기 파티를 하자고 했어. 재결합한 걸 보니까 괜찮은 여자 같은데 소개해달라고. 좀 충격이었나봐. 재미로 권했더니 진짜 좋아하는 거지. 그러니 눈이 안 돌아?"

자기가 권해놓고 충격은 무슨. 남편이 나도 좀 느끼게 좋아해줬으면 좋겠다. 좋아하는 여자를 일층에 두고 이층에 박혀 사는 건 뭔가. 혼자 잠들었다가 잠결에 옆에 누가 있어 놀란 적이 한두번이 아니다. 어째 서연을 한방 먹이려고 한 재결합 같기도 하다. 대체 이 사람들은 왜 이렇게 사는지 궁금했는데, 김차장이 알려주었다. 어릴 때부터 한동네에서 자랐다고 한다. 애가 쟤 친구고 쟤가 애 친구다. 보통 사람들은 신경도 쓰지 않는 유치원 동기들인데, 유치원으로 벌써 신분이 갈리는 동네였다. 애네 부모가 쟤네 부모하고 연결됐고, 쟤네 부모가 애네 부모하고 연결됐다. 불편한 관계가 되면 득보다 실이 많다. 유연한 자세로 취할 것은 취하고 버릴 것은 버리는 것이다. 악감정이 쌓이면 다른 관계망에 구멍이 생길 우려가 있으므로 서로 주의한다.

"참 피곤하게 사네요. 서연씨는 집에서 어때요?"

"희귀 성격이야. 당사자가 미치고 환장하겠는 진심을 보여."

"그게 무슨 말이에요?"

"당장 그날 파티만 해도 그래. 너 힘들지 않게 자기가 직접 요리해서 갈 거래. 그런 사람한테, 굶더라도 당신이 가지 않는 게 도와주는 거라고 어떻게 말해? 순진한 건지 영리한 건지, 알다가도 모르겠어."

"사실은 나도 진심인지 가지고 노는 건지 헛갈리더라

고요."

"화는 나는데, 묘하게 선한 마음이 읽혀서 화도 못 내. 가슴이 답답해."

"맞아요. 그럼 이번에도 파경이에요?"

"타이밍을 못 잡겠어. 할까 싶으면 또 괜찮아 보여. 네 남편도 나처럼 우물쭈물하다 겨우 이혼했지 싶어. 어쨌든 지금은 후련할 거다. 하하하."

커피를 계속 리필하면서 끝없는 수다를 떨었다. 우리는 술 없이도 몇시간을 떠들 수 있다. 누가 이 모습을 보고 연인이라고 해도 딱히 반박할 수 없는 동료다. 손 한번 잡아본 적 없고 집 한번 바래다준 적 없는 사이인데, 연인보다 더 연인처럼 긴 얘기를 나눈다. 밤 늦은 회식으로 택시 타고 집에 가야 할 때, 여자라고 먼저 태워 보낸 적도 없다. 방향이 다르다며 길을 건너가 먼저 온 택시를 타고 간다. 그렇게 행동해도 전혀 이상할 게 없는 사람이다. 딱 이만큼인 관계가 좋다. 김차장이 없었다면 회사생활이 너무 아팠을 것 같다.

12

새해 연휴가 끝나자마자 정지시킨 휴대전화를 풀었다. 어머니에게 전화해 중국에서 함께 온 회원들과 회사 리조트에 머물고 있다고 했다. 어머니는 나와 관련한 소식을 다른 사람에게서 듣는 것을 원치 않는다. 자신은 알고 오빠나 아버지가 모르는 것은 괜찮지만 그 반대는 견디지 못한다. 우선적이며 은밀한 관계는 자신하고만 가능하다고 여긴다. 나는 어머니의 상상 안에서 그렇게 해주고 있다. 약간의 안심을 주고 자유를 얻는다. 정장 단추를 보여주고 탱크톱을 입는 것이다.

"밥 잘 챙겨먹고 다녀."

짧은 통화였다. 전원을 끌까 아예 배터리를 빼둘까. 회사에서 지급해준 출장용 전화를 주로 사용하니 배터리를 빼는 것이 낫겠다. 두둑 전화기 커버를 벗기는데 벨이 울렸다. 깜짝이야. 시정이었다. 타이밍 끝내준다.

"너 메일 좀 확인해! 전화는 언제 푼 거야?"

"방금 풀었어, 방금. 전화하자마자 왜 소리부터 질러?"

그동안 회사 메일만 확인하고 내 개인 메일은 확인하지 않았다. 개인 메일은 쇼핑이나 특정 사이트 가입용이다. 주로 광고만 오는 통에 여간해서 열지 않는다. 아이디와 비밀번호를 치는 것도 귀찮다. 직장생활이 길어질수록 사적 범위가 줄고 있다. 가능하면 모든 사람을 모르는 상태로 만들고 싶다. 바깥에서의 생활이 적응되지 않는다. 결혼하셨어요? 무슨 일 하세요? 징그럽게 따라붙는 질문을 피할 수가 없다. 친척 또한 마찬가지다. 왜 결혼을 안하니? 언니 정규직이라면서요? 저 밖에 유일하게 남겨놓은 건 시정뿐이다. 그나마 시정이 있기에 그립기도 하고 돌아가고 싶기도 하다. 시정의 존재로 인해 허깨비 같은 바깥세상이 비로소 현실임을 깨닫는다.

"나 전에 엄태성한테서 이상한 전화 받았다."

"무슨?"

"너 출장 갔다니까 믿지 않는 눈치야. 심각하더라. 이상해. 진짜 그런 사람 아니었거든. 오빠 같기도 하고 친구 같기도 해서 다들 예뻐했어. 사람 두고 볼 일이다. 어쨌든, 무슨 일 있는 거 아니지?"

"없어."

"지금 집에 온 거야?"

"회사 리조트에서 단체 회원들하고 같이 지내고 있어."

"시간 되면 연락해. 서른 기념으로 밥 한번 먹어야지."

"그래."

전화를 끊고 바로 전원을 껐다. 그 남자, 잘 살고 있을까. 설마 아직까지 회사가 데리고 있는 건 아니겠지. 그가 NM에 대해 아는 것은 없어 보였다. 정보팀도 그를 쉽게 파악할 거라 믿었다. 그리고 잊은 척 살았다. 살려면 그래야 했다. 그가 이 집의 초인종을 누른 게 실수다. 센서가 미친 들개를 감지했다. 풀어줄 것인지, 가둘 것인지, 안락사시킬 것인지, 결정은 NM이 한다. 나는 그가 이제 나타나지 않을 것에 안도하며 살면 됐다. 애초에 나와 상의되지 않은 만남이었고, 그에게 호감이 없었으며, 곁을 허락한 적도 없다. 매번 의사표현도 정확하게 했다. 모두 그의 잘못이다. 냉장고에서 맥주를 꺼냈다. 명치에 질척질척한 떡이 들러붙은 것만 같았다. 남편이 이층에서 내려왔다.

"낮부터 맥주야?"

"짜게 먹었나, 목이 마르네. 당신도 줄까?"

"아니, 됐어. 여보, 당신 스키 타지?"

"보드. 왜?"

"간단한 녹음 하나 남았는데, 끝나고 스키장 어때?"

"가자. 당신 녹음하는 동안 나가서 보드복 사 와야겠다."

"같이 갈까?"

"됐어. 신경 쓰여서 잘 고르지도 못해."

맥주를 다시 냉장고에 넣고 가방을 챙겼다.

나는 옷을 살 때 오래 고르지 않는다. 대충 괜찮다 싶으면 그냥 산다. 고심해봤자 결국 늘 입는 스타일만 고른다. 한창 시즌이라 매장은 쉽게 눈에 띄었다. 곧장 매장으로 들어가 야구재킷 스타일의 네이비 색상으로 골랐다. 여러 매장 돌 필요 없이 그곳에서 속바지와 고글, 모자 장갑까지 다 사버렸다. 커다란 쇼핑백을 들고 일층 커피숍으로 들어갔다. 한산했다. 그래도 주문한 핫초코를 들고 구석 자리에 앉았다. 그리고 곧장 상무에게 전화했다. 상무가 늘 그렇듯 경쾌한 목소리로 안부를 묻는다.

"노차장 어쩐 일이야? 잘 지내지?"

"그럼요. 궁금한 게 있어서요."

"뭐?"

"지난번에 데려간 엄태성씨요. 어때요? 잘 지내죠?"

"말도 마. 조금 겁줘서 내보내려고 했는데, 정신을 못 차리더라. 걔, 사이코야. 겁이 없는 건지 멍청한 건지, 영이상해. 내보내면 시끄러울 것 같아서 격리했다."

"어디에요?"

순간 나도 놀랐지만, 상무도 잠시 말이 없었다. 회사 보안규정에 어긋나는 질문이었다.

"말하면 안 되는 거 알지? 왜, 무슨 일 있어?"

"서른이 돼서 그런가, 갑자기 생각나더라고요. 나 좋다고 따라다닌 사람이잖아요."

"막 서른이 되면 그렇게 센티해진다. 그거 잠깐이야. 마흔 돼봐. 서른일 때가 그리워. 다 알아서 하고 있으니까 걱정 마. 기분 전환 좀 하고."

"오늘 남편하고 야간 스키 타러 가요."

"그래, 걱정은 걱정이고 노는 건 노는 거지. 잘 다녀와."

달달한 핫초코를 마셔도 입이 쓰다. 당신은 그곳에서 또 무슨 소란을 피운 겁니까.

스키장 입구에서 보드를 빌렸다. 남편은 자신의 스키를 가지고 왔다. 언제 압구정동 샵에 가서 내 보드를 고르자고 한다. 이 결혼이 끝나면 버릴 걸 무엇하러 사나.

"그래픽 유행이 빨라서 사봤자 금방 촌스러워져."

"부츠라도 살 걸 그랬다. 다른 사람들이 신은 건데, 괜찮겠어?"

"내가 신은 거 다른 사람들은 안 신어?"

일본 교환학생 시절 삿포로 자연설 스키장이 마지막이었다. 슬로프를 매끈하게 깎지 않고 자연지형을 최대한 살린 곳으로, 튀어나온 둔덕에 고생 좀 했다. 그게 벌써 몇 년 전인가. 그래도 경력이 있으니 처음부터 중급자 코스 리프트에 올라탔다. 그런데 리프트가 정상으로 올라갈수록 가슴이 뛰기 시작했다. 얼마나 긴장했는지 내릴 때는 오십견 맞은 허수아비처럼 뻣뻣하게 뛰어내렸다. 생각보다 공백이 크다. 슬로프가 알프스 설원 같은 것이, 여차하면 보드로 썰매를 타고 내려갈 수도 있겠다. 남편이 제자리에서 슬쩍슬쩍 움직이며 하강 준비를 했다. 나도 발에 바인딩을 졸라매고 일어날 채비를 했다. 채비를 다 마쳐도 엉덩이가 바닥에서 떨어지질 않는다. 다리가 후들후들 떨렸다.

"당신 괜찮겠어?"

"몇번 넘어지면 괜찮아지겠지. 먼저 가."

먼저 가라니까 끝내 기다린다. 어쨌든 올라왔으니 기어서라도 내려갈 수밖에. 땅을 짚고 일어나 엉덩이를 밖으로 하고 토사이드슬리핑으로 출발했다. 잔뜩 겁먹어 발가락에 엣지를 과하게 줬더니 시작부터 종아리가 당긴다. 조심조심 옆으로, 좋아, 이 정도면 훌륭해, 스스로 다독이며 나

아갔다. 가장자리에서 힐사이드슬리핑 전환 턴만 성공하면 그럭저럭 S자 첫 보딩을 마칠 것이다. 그런데 너무 저속이다보니 내 보드가 눈을 낙엽더미처럼 박박 쓸고 내려갔다. 쓸어도 너무 쓸었다. 스키어들이 가장 혐오하는 짓이다. 보드가 슬로프의 눈을 쓸어 빙판이 생기면 스키가 미끄러져 튕겨나갈 수도 있다. 속도를 좀더 내야 했다. 몸을 앞쪽으로 기울여 힘을 실었다. 그러다 이것저것 계산할 틈도 없이 순식간에 가장자리에 도착했다. 한 스키어의 거침없는 질주에 놀라 허둥지둥 피한 것이다. 놀란 가슴에 아, 씨발, 한번 내뱉고 턴에 신경 썼다. 엣지를 발가락에서 뒤꿈치로 바꾸며 회전해야 한다. 그런데 무릎이 꼿꼿해 허리에 반동을 줄 수가 없었다. 벌러덩 넘어지면서, 그래, 안 넘어지는 게 이상한 거지, 수긍하며 눈밭에 몸을 던졌다. 남편이 내 겨드랑이에 손을 넣고 일으켜 세웠다. 나는 양발을 보드에 묶인 허수아비처럼 쭈뼛 일어섰다.

"뒤에서 잡아줄까?"

"한번 굴러서 이제 괜찮아."

"폴 잡고 내려가면 되니까, 못하겠으면 말해."

제자리뛰기로 보드에 쌓인 눈을 털어냈다. 이때 아니면 언제 또 눈에서 굴러보나. 그런데 이 스키장은 중급자 코스가 왜 이리 긴가. 얼마 못 가 남편이 움찔할 정도로 심하게 넘어졌다. 괜찮지 않을 게 빤하니 어떤지 묻지도 않았다. 충돌방지요원처럼 가만히 뒤따를 뿐이었다. 그래도 몇번 넘어진 효과가 있었다. 감이 살아나기 시작했다. 매끄럽게 내려오면서 살랑살랑 보드도 흔들어본다. 그렇지. 무릎과 허리가 호흡을 맞추기 시작했다. 남편이 폴도 안 쓰고 따라온다. 여유는, 강사냐? 중앙으로 나오며 좀더 속도를 높였다. 그 바람에 의도치 않은 활강을 했고, 나 때문에 깜짝 놀란 스키어가 씨발, 하고 길을 비켰다. 남편이 이번에는 폴을 쓰고 따라왔다. 선수급의 완벽한 자세였다. 마치 조깅화를 신은 것처럼 스키가 몸에 딱 붙었다. 만난 이래로 가장 섹시하다. 여하튼 잘 타는 남편은 알아서 타라고 하고, 앞에 좀 비켜주세요! 외치며 아슬아슬하게 멈췄다. 눈 하나 튀지 않고 내 앞에 가뿐히 정지한 남편이, 잘 타네, 하며 웃는다. 뭐 이 정도를 가지고. 중급자 코스를 두어번 더 탔다. 그리고 남편을 위해 상급자 코스로 갔다가 쪼그라든 심장으로 겨우 내려왔다. 역시 상급자 코스는 쉽게 넘볼 곳이 아니었다. 휴식 차 매점에서 어묵을 하나 먹고, 여유롭게 중급자 코스에서 마지막 보딩을 마쳤다. 눈에 마구 뒹굴었더니 갑갑했던 가슴이 조금 뚫린 것 같다. 스키장에서는 유독 코를 질질 흘려 남편에게 민망했지만, 잘 왔다.

13

집 근처 삼겹살집에 들렀다. 나는 스키장을 다녀오면 꼭 삼겹살을 먹는다. 이때 먹는 삼겹살과 소주가 가장 맛있다. 자고 일어나면 온몸이 두들겨 맞은 듯 아플 것이다. 오늘 든든하게 먹어둬야 한다. 소주를 들이켰다. 목이 싸하다.

"당신 언제부터 스키 탔어? 본 중에 제일 섹시하더라."

"어릴 때부터. 당신은 누구랑 보드 타러 다녔어?"

"고등학교부터 단짝인 친구가 있어."

"당신 여고지?"

"공학이면 남자가 단짝일까봐? 그럼 안 돼?"

"아니, 당신이 친구 얘기를 잘 하지 않잖아."

자기는 기껏 데리고 온 게 전처면서. 지인 얘기는 지금껏 하지 않았으니 앞으로도 그러했으면 좋겠다. 그러니까 당신이 누구의, 누구의, 누구 친구라는 거죠? 네. 제가 바로 누구의, 누구의, 누구 친굽니다. 이렇게 거미줄처럼 얽힌 관계는 각자 세계에 이미 충분하지 않나. 우리는 서로를 어느 추운 날 우연히 만나 체온을 조금 나눈 사이 정도로만 기억했으면 좋겠다. 만기파경을 하면 이제 다른 배우자를 만나야 한다. 지금 너무 뜨거우면 평범한 다른 체온에는 추위를 느낀다. 얼른 말을 돌렸다.

"당신 메탈리카 좋아한다며?"

"내가?"

"아냐?"

"메탈리카는 서연이가 좋아하지. 나도 레드 제플린을 더 자주 들어."

그렇구나. 아 씨…… 짠하게 진짜. 서연은 나를 통해 남편에게 자신을 환기시키고 싶었나보다. 그렇게 좋아하면서 어떻게 이혼에 합의했을까. 아프다. 그냥 남편이 좋아하는 것으로 알고 쾅쾅 틀어줄 걸 그랬다. 그랬다면 남편이 서연을 떠올렸겠지. 그런데 추억은 다 아름다울까. 애써 잊으려는데 내가 자꾸 음악으로 상기시켜, 남편이 미치고 환장하면 어떡하나. 사막을 헤매다 겨우 오아시스를 발견하고 달려갔는데, 그곳에마저 서연이 아지랑이처럼 아롱아롱 흔들리고 있다면? 쉣! 역시 오아시스는 신기루인가, 좌절하겠지. 가운데서 이러지도 저러지도 못하고. 둘 다 참 거시기하다. 가만, 그럼 잘만 킹은 또 뭔가. 남편을 위한 잠자리 팁인가, 자신을 위해 메탈리카를 틀 내게 내린 보상인가. 무어라도 언짢다. 뭔데 남의 부부 잠자리까지 관여하나. 남의 부부가 아니라는 거지. 전 부인께서 내게 섹스를 허락하셨다. 환장하겠네. 회원님께 달려가 따질 수도 없고. 열받아도 참아야지 별수 있나. 서 있는 자리가 다르니 한쪽이 비참해질 수밖에. 그래서 사람들이 악착같이 좋은 자리에 서려고 하나보다. 대체 두 사람은 어떤 부부생활을 한 걸까. 잠자리 기술을 보면 그런 거장을 들먹일 만한 사람은 아닌데. 살짝 떠봐야겠다.

"당신 잘만 킹 어때? 난 괜찮아서 전에는 가끔 봤는데."

"그래? 나도 좋아하지. 은퇴작 봤어?"

"아니, 그건 아직 못 봤네."

이름 들은 지가 언젠데 그새 화끈하게 은퇴하셨어 그래. 얼결에 화끈한 거장을 좋아하게 되었다. 남편이 나를 빤히 본다. 무슨 말을 기다리는 것 같은데 딱히 할 말이 없다. 그럼 계속 좋아해, 하고 말을 뚝 끊기도 뭣하다. 뭐라도 봤어야 그의 작품으로 이런저런 얘기를 주고받을 것 아닌가. 로봇청소기 로보킹도 집중청소 기능이 있는데, 이 남자는 하다 말다, 뛰다 말다, 이랬다저랬다 산만하다. 혹시 거장의 작품세계가 그런가? 남편이 소주를 맛있게 쪽 빨아 마셨다. 우리 취향이 좀 닮았다며 슬쩍 웃는다. 나는 사실 레드 제플린보다 메탈리카를 좋아하고, 에로보다 멜로를 좋아한다. 에로는 희로애락이 초지일관 섹스다. 지향점이 뚜렷한 건 좋은데 내 취향은 아니다. 우리는 비슷한 듯 비슷하지 않은 약간의 오차가 있다. 남편이 묻는다.

"이따가 들어가서 볼래?"

"뭘?"

"은퇴작."

당황스럽네. 에로 영화를 마지막으로 본 게 언제였더라. 대학 때, 시정이 해외영화제에서 좋은 평가를 받은 작품이라며 일본 영화 비디오테이프를 가져온 적 있다. 장소 불문하고 자나 깨나 섹스에 몰입하다 종국에는 남자의 성기를 잘라버린다는 영화였다. 간만에 속궁합 좋은 성기를 만났는지 잘라서 소장한 여자가 주인공이었다. 딱 봐도 포르노인데 시정이 실화를 강조했다. 실화 포르노네. 만듦새를 봐. 만듦새 좋은 포르노네. 성기만 보지 말고 전체를 봐. 저 미친년이 전체적으로 성기만 가지고 놀잖아. 그렇게 서로의 견해를 확인한 것을 끝으로 더는 보지 않았다. 내가 학보사 선배와 뜨거운 연애를 하느라 저를 좀 소홀히 했다고 일부러 그런 영화를 가져온 것 같았다. 내 남자의 성기를 자르라는 건가 뭔가. 학보사 사무실에서 하다 걸린 적이 있는데, 얘는 그때부터 우리가 안 보이면 그쪽으로 의심했다. 아니라고 해도 믿지 않았다. 좋아. 해보자는 거지. 나는 온갖 미사여구를 총동원해 우리의 무중력 초절정 쾌락의 위용을 과시하기 시작했다. 누가 봐도 뻥이었다. 그런데도 시정은 곧이곧대로 믿었다. 그때 나는 사랑받는 만큼 야단도 많이 맞았다. 취재원을 대하는 태도부터 따옴표 같은 자잘한 것까지 하루가 멀다 하고 혼났다. 시정의 상상처럼 늘 열정적으로 로맨틱하지는 않았던 것이다. 섹스를 하긴 했지만 둘 다 어리고 미숙해서 그렇게 하는 것이 맞는 건가 의심까지 했으니, 초절정 쾌락이 어떤 것인지도 몰랐다. 그저 함께 있는 것만으로 좋았을 뿐이다. 이번에는 거장이다. 나는 왜 자꾸 알지도 못하는 경험 앞에 노련한 유경험자가 되어 앉아 있는 걸까. 몸에 술이 돌기 시작했다.

"오늘은 좀 힘들다. 아껴뒀다가 컨디션 좋은 날 보자."

남편이 내 빈 잔에 술을 채웠다. 기분이 좋아 보인다.

"당신 프로필에 취미가 수제앨범 제작이라고 쓰여 있던데, 만드는 걸 못 봤네?"

"당신 직업이 작곡가인데 곡 쓰는 걸 못 본 거랑 같지 뭐."

"말 되네."

아버지가 사무기기 제조회사에 다녔었다. 때문에 제본기 코팅기 절단기 같은 기계가 늘 집에 있었다. 재미로 낙엽이나 카드를 코팅한 게 점점 쌓여 사진들을 꾸미고 앨범으로 제본했다. 대학노트나 연습장 같은 모양이다. 친구들 사진도 프린터로 출력해 코팅하고 제본해서 선물했다. 딱 봐도 거창하지 않으니 주는 사람도 받는 사람도 부담이 없었다. 자리를 많이 차지하지 않고 아무 곳에나 보관하기도 편하다. 문방구에서 한장 한장 코팅하던 아날로그적 정서도 있다. 지금은 주로 스마트폰이나 모니터로 사진을 보니 손으로 넘기며 보는 맛이 없다. 메모리 용량이 커지면서 사진 양도 어마어마하다. 찍는 사람도 찍히는 사람도 진지하지 않다. 추억이라기보다 방대한 자료 같다. 아버지 등산 동호회 앨범은 이십부나 만들었다. 회원들이 무척 좋아해서 약간의 수고비도 받았다. 술이 올라 기분이 한결 좋아진 남편이 말한다.

"우리 앨범도 하나 만들지그래?"

"그럼 추억이 돼버려."

남편이 가만히 고개를 끄떡였다.

"솔직해지는 데는 소주만 한 게 없는 것 같아. 왜 그럴까?"

"소주는 격식 안 따지고 만만하잖아. 그런데 와인은 잔부터 너무 우아해. 어느 나라 어느 지방 몇년도 포도 수확량과 품질쯤은 말해야 난놈 같잖아. 격식 차리면서 속마음 얘기하기는 좀 힘들지. 전에 어떤 프랑스 영화에 주인공이 슈퍼에서 산 와인을 병째 벌컥벌컥 마시는 장면이 있었는데, 정말 맛있게 먹더라. 뽕 따서 그냥 마시는 거야. 어째 우리나라 사람들이 더 격식을 차리는 것 같아. 씨발, 다들 절대미각이야."

"씨발?"

아…… 술김에 바깥세계의 입버릇이 나와버렸다. 와인을 막걸리처럼 마셔대도 이런 일은 없었는데.

"인간적이다. 하하하."

"내가 좀 그렇지. 여기요, 소주 한병 더 주세요!"

"근데, 당신 서연이에 대해 아무 말이 없네?"

"인상적인 게 없어서. 난 괜찮던데 당신은 뭐가 그렇게 싫었어?"

"사소한 거. 가령 말할 때 혀가 입천장에 닿지 않는 그런."

"뭐?"

"혀가 입천장을 치거나 윗니에 닿을 수밖에 없는 단어가 있는데, 혀가 아랫니에 떡 붙은 사람 같아. 입안에 공기를 한움큼 물고 말하는 것 같고."

흠흐흐. 삐져나오는 웃음을 겨우 참았다. 뭘 그런 걸 가지고. 나는 그저 말하는 스타일이겠거니 하고 말았다. 그런데 이 남자는 뭐에 한번 꽂히면 집착과 강박이 대단하다. 그래도 서연은 아직 이 남자를 사랑한다. 늘 설레는 여자이고 싶어 한다. 그래서 남편이 다른 여자를 사랑할 틈 없이 FW로 막으려는 실수를 범했다. 사랑은 긴 시간을 필요로 하지 않는다. 찰나다. 긴긴 정도 단숨에 무너뜨릴 만큼 위력적이다. 물론 그런 위력이 내게서 나타나지는 않을 것이다. 그저 일말의 가능성. 그러나 서연은 그 희박한 가능성에도 불안해하고 있다. 머리 아프다. 혀를 아랫니에 붙이고 말하는 여자가 싫으면, 묘기처럼 윗니에 붙이고 말하는 여자를 만나든가.

"가자."

먼저 자리에서 일어났다. 벌써 몸이 아프다. 너무 오랜만에 스키장을 다녀왔다. 오늘 남편의 새로운 모습을 많이 보았다. 의외로 순진한 구석이 있다. 얼른 가고 싶은데 남편이 나오지 않았다. 화장실이라도 갔나 싶어 안을 들여다보았다. 어머, 저 사람이 왜 저러나. 남편이 주류 냉장고 앞에 서 있다. 들고 있는 까만 비닐봉지에 계속 술을 넣는다. 주사가 나왔다. 실제로 보니 뭐라 할 말이 없다.

나보다 더 말짱하고 얼굴빛 하나 바뀌지 않았다. 누가 봐도 취한 모습이 아니었다. 나는 다시 들어갔다. 남편이 봉지를 계산대에 올렸다. 같은 술도 여기서 사면 훨씬 비싼데 무슨 바보 같은 짓인가. 세어보니 모두 열두병이다. 주인 남자가 계산기를 두드린다. 남편을 보았다.

"잎새주. 저 아래 지방 술이 있네."

주인 남자가 카드와 영수증을 내밀었다.

"고향 술이라 종종 가져다놓습니다."

남자의 고향은 부모님과 오빠가 사는 지역과 멀지 않았다. 네. 대답하고 식당을 나왔다. 잎새주만 열두병이었으면 본 김에 잔뜩 샀나보다 했을 것이다. 그런데 방금 마셨던 소주도 섞였다. 당장 뭐라고 할 수도 없다. 주사는 술이 깬 뒤에 따져야 한다. 남편이 술 열두병을 들고 파밭 옆길을 걸어간다. 겨울이라 노지에 자라는 파가 없어 황량하다. 그 옆을 흔들림 없이 느리게 걷는다. 소주가 든 비닐봉지가 무게만큼 늘어졌다. 취했다는 건 어떤 기준으로 판단하는 걸까. 남편보다 저 앞에 뜬 비쩍 마른 달이 기우뚱 더 취한 것 같다. 내가 취해서 그가 멀쩡해 보이는 건가. 저렇게 희한하게 취하는 사람은 처음 본다.

"안 무거워?"

"괜찮아."

"그렇게 예뻐?"

"당신 예쁘지."

취했다.

14

스키장을 다녀온 뒤로 조금 더 가까워진 것 같다. 나
도 남편이 좀더 편해졌다. 우리는 한 바구니에 담은 달걀
과 오리알 같은 모습으로 살고 있다. 비슷한 듯 다른. 나는
이 간극을 억지로 메우고 싶지 않다. 불가능한 것에 미련
을 두면 상대를 부정하게 된다. 싸움으로 번져 심한 상처
까지 입는다. 남편도 내게 자신을 닮으라고 강요하지 않
는다. 일정한 간격으로 다가왔다 멀어지는 파도처럼 행동
했다. 그런 남자가 앨범만큼은 집요하게 원했다. 그까짓
게 뭐라고. 결국 내가 두 손을 들었다. 제본 앨범, 정말 별
거 아닌데 무척 갖고 싶어 했다. 남편이 카메라를 들고 나
왔다. 파경 뒤 두고두고 따라올 찜찜함을 어떻게 하려나.
사진은 잘라내고 불에 태워도 완벽하게 소멸되지 않는다.
판화처럼 머릿속에 각인된다. 남편이 박물관에서나 봄직

할 올림푸스 펜 EE-3 카메라를 보여줬다. 어렸을 적에 아버지에게 받은 선물이라고 한다. 처음 가진 카메라여서 그런지 애착이 강하다. 필름 카메라치곤 작은 몸체였지만 매우 경제적인 기능을 탑재했다. 36매 필름으로 72장을 찍을 수 있었다. 화질은 살짝 떨어져도 나름 매력있다. 오래된 물건인데 보관을 잘했다.

"얘가 어디 아프지도 않고 튼튼해."

"장난감처럼 예쁘다. 내가 찍어줄게."

"같이 찍자."

"사진 찍는 거 안 좋아해. 줘봐."

작은 뷰파인더로 보며 촬영하기가 쉽지 않았다. 대충 감으로 남편을 가운데 두고 셔터를 눌렀다. 찰칵! 하고 큰 소리를 낼 줄 알았는데 싱겁게 틱 하고 만다. 자리를 바꿔가며 남편을 촬영했다. 카메라에 빨간 불이 들어왔다. 왜 그러냐고 물어보니, 주위가 어두워 카메라가 혓바닥을 내민 거라고 한다. 남편이 창문 블라인드를 완전히 걷어 올렸다. 쏟아진 햇살에 카메라가 더이상 혀를 내밀지 않았다. 다시 남편을 카메라에 담았다. 자연스럽게 웃는 모습도 좋고, 살짝 찡그린 모습도 좋다. 가만히 카메라를 응시하는 모습에는 여유도 있다. 틱. 틱. 틱. 나는 성년의 날 이후로 거의 사진을 찍지 않았다. 증명사진을 찍는 것조차 힘들었다. 죽은 혜영에게서 아직 벗어나지 못했기 때문이다. 시정과 내가 의식적으로 삼켜버린 아이다. 떠올리면 너무 힘들다.

"여보, 살짝 옆으로 돌아봐."

틱. 틱. 틱.

나와 시정과 혜영은 고등학교 때부터 삼총사였다. 그런데 혜영이 성년의 날 자축 파티를 한 뒤, 다음날 새벽에 죽었다. 혜영이 주도한 파티였으므로 전혀 예측할 수 없는 사고였다. 시정과 내가 혜영이 알려준 모텔 파티룸에 도착했을 때는 이미 준비가 끝난 상태였다. 혜영이 먼저 와서 케이크와 음식을 다 차려둔 것이다. 전체적으로 붉은 방에, 리본 띠와 풍선이 천장에 매달렸고, 고깔모자는 물론 노래방 기기까지 있었다. 은밀하고 발칙한 자유가 허락되는 곳. 모텔은 그런 곳이었다. 우리는 생크림으로 머리 모양을 바꾸고, 슬립 차림의 매릴린 먼로가 되기도 했으며, 티슈를 날리며 캐럴을 불렀다. 언제 잠들었는지 기억조차 없는 밤이었다. 다음 날 눈을 뜨고서야 어쨌든 잠들었음을 깨달았을 뿐이다. 여기저기 티슈가 나뒹굴고 과일과 과자가 짓이겨져 있었다. 환각제를 먹고 놀았나 싶을 만큼 난장판이었다. 시정은 옆에서 자고 있었고, 혜영은 보이지 않았다. 가방과 휴대전화는 그대로 있었다. 잠깐 나갔겠지 싶어 시정을 깨워 방을 정리했다. 그러나 혜영은 퇴실 시간이 넘도록 나타나지 않았다. 착한 앤데 이상하게 무슨 기념일만 되면 사고를 쳐서 부각되는 아이였다. 일단 짐을 챙겨 퇴실하고 모텔 앞에서 기다렸다. 아마 한시간가량 기다린 것 같다. 여기저기 전화해보다가 결국 혜영의 어머니한테까지 하게 됐다. 그리고 뜻밖의 말을 들었다.

"혹시 어제 무슨 일 있었니?"

"살짝 심하게 놀았어요."

"새벽에 사고가 있었다."

우리가 기다리던 혜영은, 장례식장에서 영정사진으로 우리를 기다리고 있었다. 통곡 하나 없는 고요한 장례였다. 혜영의 어머니가 손수건을 꼭 쥐고 돌무덤처럼 앉아 있었다. 오래전에 어머니는, 병도 자식 스케줄을 피해서 걸려야 한다고, 자식이 바쁠 때 걸리면 그냥 아프지 않은 거라고 말한 적이 있다. 누가 뭐라는 것은 아니지만 자식 불편한 게 보여서 일어날 수밖에 없다고. 그런데 그날 혜영의 어머니는 정말 많이 아파 보였다. 이승에서의 스케줄이 더는 없는 딸로 인해 맘껏 아픈 것 같았다. 그리고 우리에게, 어떻게 된 거니? 하는 눈빛을 보였다. 뭐가요? 아마 우린 그런 눈빛이었을 것이다. 그러나 새벽에 혼자 나가는 친구를 두고 잠만 잔 죄인들이었으므로, 죄송합니다, 그 말만 되풀이했다. 혜영의 아버지가 밥 먹고 가라, 했을 때 비로소 눈물이 터졌다. 모텔에서 언제 나갔을까. 같이 놀았는데 왜 집 앞에서 사고가 났을까. 어떤 사고이기에 그토록 쓸쓸한 장례를 치른 걸까. 시정과 내가 보인 눈물이 그날 그곳의 모든 눈물이었을 만큼 바짝 타들어간 장례였다. 우리는 혜영 아버지의 안내로 어느 두 아주머니와 등진 자리에서 밥을 먹었다. 그곳도 음식을 내준 직원이 자리로 돌아가 멍하니 앉아 있을 만큼 사람이 적었다.

"왜 그런 거래요?"

"자는데 음식이 올라와서 기도가 막혔다잖아. 그렇다하면 그런 줄 알아."

"엎어놓고 재운 애기 죽은 것처럼 할 말이 없네요."

두 아주머니의 대화가 그랬다. 혜영이 죽은 이유를 엿들어 알게 된 것이다. 들은 바가 그러하니 우리도 그런 줄 알아야 할밖에 다른 도리가 없었다. 기도가 막혀서 죽었다. 사람이 그렇게 죽을 수도 있겠지만, 같이 놀다 사라진 친구의 사인으로는 납득되지 않았다. 시정도 믿지 않는 눈치였다. 합리적 근거는 없지만 나와 같은 생각이었을 것이다. 자살. 그것이 우리를 침묵하게 만들었다. 전날 밤

광란의 파티가 죽음의 전야제였던 것이다. 말도 안 돼. 그랬으므로 우리는 그렇다 하면 그런 줄 아는 죽음으로 받아들여야 했다. 장례식을 마친 며칠 뒤, 혜영의 어머니가 우리를 집으로 불렀다. 우리에게만은 진실을 알려줄 수도 있겠고, 반대로 진실을 듣고 싶어 할 수도 있었다. 그러나 어머니는 사인에 관한 어떤 언급도 없었다. 추억할 물건을 챙기라며 혜영의 방을 내줬을 뿐이다. 사실 나는, 혜영이 죽기 한참 전부터 이미 마음이 멀어진 터였다. 추억할 물건도 내 방에 충분했다. 그러나 어머니의 시선을 뿌리칠 수가 없었다. 손이 닿는 곳마다 따라붙었다. 혜영의 물건에마저 애도를 담아야 할 것처럼 부담스러웠다. 그때 혜영의 사진첩을 보았다. 고등학교 때 사진부터 한장 한장 넘기다가, 문득 거기에 내가 없다는 것을 깨달았다. 내가 없다. 나와 함께 찍은 사진은 물론 내가 낀 반 단체사진조차 없었다. 한참 친할 때 내가 만들어준 제본 앨범도 보이지 않았다. 왜. 이유를 묻지 못했다. 죽어버렸으니까. 사진으로 살해당한 기분이었다. 방에서 나가고 싶었다. 나는 화장대에 놓인 보석함에서 대충 금장 단추 하나를 꺼냈다. 그딴 걸 왜 보석함에 뒀는지 모르겠으나 이유 따위 알고 싶지도 않았다. 당장 나오고 싶었을 뿐이다. 시정은 털장갑을 집어들었던 것으로 기억한다. 내가 막 방에서 나올 때, 혜영 어머니가 내 손을 보았다.

"넌 겨우 그거 하나니?"

"목걸이로 만들려고요."

그녀는 내가 기대에 상응하는 애도를 하지 않은 듯한 차가운 표정이었다. 너희는 좀더 슬퍼해야 해. 그렇지 않니? 싫었다.

세탁기에서 종료를 알리는 버저가 울렸다.

"세탁기가 날 도와주네. 뭘 그렇게 많이 찍어?"

"다 잘 나오지는 않을 것 같아서."

남편에게 카메라를 돌려주고 다용도실로 갔다. 세탁물을 꺼내 바구니에 넣었다. 이 집에서 가장 좋은 건 마당에 빨래를 너는 것이다. 날이 추울 때는 꽁꽁 얼기도 하지만 보통은 겨울 햇볕에도 잘 마른다. 같은 세제를 써도 베란다에 넌 빨래와는 다른 냄새가 난다. 거실 창문 앞에 남편이 카메라를 들고 서 있다. 못 본 척 빨래를 널었다. 먼 배경 사진처럼 찍힐 테지만 등을 돌려 얼굴이 나오지 않도록 했다. 나는 몸이 흔들리도록 탁 탁 탁 빨래를 털며 대문을 보았다. 대문 뒤에 누가 서 있는 것만 같다. 요즘 들어 자주 그렇다. 그래, 오늘 하자. 빈 바구니를 세탁기 옆에 놓고 크게 숨을 쉬었다. 남편과 꼭 하고 싶은 얘기가 있었다.

"여보, 맥주 할래?"

"좋지."

간단한 안주와 맥주를 내왔다. 시작을 어떻게 해야 하나. 경력이 쌓일수록 회원을 믿지 않는다. 그들은 사측과 매우 긴밀하다. 우리 한명쯤 갈아치우는 것은 일도 아니다. 괜히 일이 꼬이면 위약금을 물고 퇴사해야 한다. 그래도 어쩔 수 없다. 명치를 압박하는 갑갑함을 견딜 수가 없다. 이런 갑갑함은 혜영만으로도 벅찼다. 결과는 두고 볼 일이다. 먼저 맥주로 목을 축였다. 그리고 물었다.

"혹시, 엄태성씨에 대해 들은 것 좀 있어?"

"간단하게. 당신 회사에서 격리한 것 같던데. 왜?"

"그냥 궁금해서. 격리는 심했네."

"사람을 문 개는 죽이는 거야."

"농담이지? 불쌍하잖아."

"불쌍한 개는 사람을 물어도 되나?"

엄태성과 내가 어떤 관계든 남편이 신경 쓸 일은 아니다. 그저 자신의 집에 함부로 난입한 들개였으니 난폭한 포획에도 수긍하는 것 같았다. 나도 그런 일에 신경 쓰지 않아도 되는 사람이었으면 좋겠다. 참 알 수 없는 남자다. 사람을 대하는 것에 온도 차가 크다. 그들이 누구든 나는 너까지만. 남편의 친절에는 단호함이 있다. 어떤 경우에도 흥분하지 않는다. 저토록 차가운 말조차 미소 지으며 차분하게 한다. 차를 타고 사파리를 관광하는 사람 같다. 불쑥불쑥 나타나는 야생 인류가 신기한 모양이다. 그래도 함부로 죽이면 안 되지 않나.

"한번 가볼까?"

"왜?"

"어쨌든 나하고 연관이 있는데, 찜찜하잖아. 그런데 그런 곳은 부장급부터 참관할 수 있어."

"직급이 괜히 있는 게 아냐. 올라갈수록 입을 다물어야 하는 일이 많아져. 골치 아프게 먼저 알 필요 없잖아."

"난 부장 될 일 없으니까 몰래 보는 것도 괜찮겠네. 회사 통하지 않고 갈 수 있는 방법 없을까?"

"아주 없진 않겠지. 가고 싶어?"

"당신 괜찮으면."

"당신은 나를 어디까지 믿는 거야?"

"내 남편인 만큼만."

"바람 한번 쐬고 오자."

남편이 맥주를 치켜들고 건배를 했다. 나도 살짝 들어 건배를 받았다. 건배. 나는 처음부터 엄태성이 싫었다. 거절하고 또 거절하다가 내 거절이 먹히지 않는 상대임을 알았을 때, NM의 손을 빌렸다. 그가 회사로 찾아올 때까지만 해도 어느 정도는 선의로 해석했었다. 외로운 너에게 좋은 사람이 돼주려고 해. 선의를 내세워 막무가내로 구는 사람쯤으로 여겼던 것이다. 그래도 싫었다. 선의를 도구로 거절하기 불편한 행동을 하는 사람 역시 싫으니까. 선의로 배수진 치고 가두는. 제 손바닥의 선의가 상대에게도 그대로 적용되는 줄 아는. 싫다. 직업의 은폐성 때문에 과민하게 받아들인 면도 분명 있다. 물론 지금은 선의의 행동이 아니었음을 잘 알고 있다. 알았으니 그가 사라진 것에 안도해야 하는데, 이상하게 마음이 무겁다. 왜 나를 싫어하는 거예요? 그의 말이 귀에서 떨어지지 않는다. 그의 연극적 쾌활함도 마음에 걸렸다. 맞으면서도 억지로 웃는 아이 같았던. 어쩌다가 그런 사람이 됐을까. 여동생이 있다고 했다. 기다리겠지. 차라리 잘 지내고 있었으면 좋겠다. 원했든 원하지 않았든, 나는 이 일에서 자유로울 수가 없다. 납득할 수 없는 이 죄책감에서 벗어나고 싶다.

15

남편이 B시에 있는 기도원을 알아냈다. 그곳에 엄태성
이 있다. 회사를 통한 게 아니었다. 남편의 정보망에 놀랐
다. 무슨 방법으로 극비리에 운영 중인 장소를 알아냈을
까. 너무 쉬워서 내 손으로 내 무덤을 판 것은 아닌지 의
심스러울 정도였다. 남편을 특별히 믿은 것은 아니다. 언
제는 내 믿음이 끝까지 마무리된 적 있었나. 믿지 않고 시
작하는 게 덜 상처 받는다. 벌써 내 무덤으로 정해졌다면
숨어 있어도 곧 포획되어 이송될 것이다. 김포공항에서
이륙한 비행기가 한시간 비행으로 B시 공항에 착륙했다.
택시가 공항로를 지나 시내로 진입해 몇몇 동네들을 거쳐
구불구불한 산길을 달렸다. 산은 높지 않지만 꽤 깊었다.
기사가 남편이 가리킨 곳에 차를 세웠다. 주변이 온통 모
텔이다. 경치 좋고 산이 깊어 모텔 위치로는 꽤 괜찮다. 우

리는 그중 가장 안쪽에 있는 모텔로 들어갔다. 커피와 간식이 차려진 로비는 있는데 프런트가 보이지 않았다. 출입구 세개가 비슷하게 생겨 어디가 정문인지도 헷갈렸다. 무인 모텔인가 싶을 때, 부르는 소리가 들렸다. 옛날 극장 매표소처럼 작은 창을 낸 안쪽에 안내 직원이 있었다. 남편이 창을 통해 여직원과 마주했다.

"체크인은 저녁 일곱시, 체크아웃은 내일 낮 열두시입니다."

"지금부터 사용할 수는 없습니까?"

"한시간에 만원씩 더 내시면 돼요."

"그렇게 계산해주세요."

우리가 사용할 방은 오층에 있었다. 욕실이 따로 있는데도 침대 바로 옆에 월풀 욕조가 있다. 벽걸이 TV 아래로 최신 사운드바까지 갖췄다. 올인원 PC도 두대가 나란히 놓였다. 이런 것들이 붉은 벽지와 조도 낮은 조명 아래 묘한 분위기를 자아냈다. 비즈니스 호텔스런 야한 방. 각잡힌 제복을 입은 연인이 들어와 섹스를 하면 잘 어울리겠다. 그런데 침대가 문제였다. 하얀 면 침대보 밑으로 장판처럼 뻣뻣한 비닐이 깔렸다. 맨바닥에 누운 것처럼 안락함이 없다. 깊이 자긴 힘들겠다. 남편이 픽 웃었다.

"깊이 자려고 오는 사람 별로 없을걸?"

"할 건 하더라도 잘 땐 푹 자야지."

"할 걸 잘하면 푹 자게 돼."

긴장이라는 걸 모르는 사람 같다. 정말 바람 쐬러 왔나. 남편이 느긋한 걸 보니 엄태성이 생각보다 잘 지내고 있나보다. 살짝 마음이 놓인다. 딱히 할 일이 없어 방을 둘러보다 수건 옆에 놓인 종이봉투를 뜯었다. 일회용 화장품과 칫솔 치약, 콘돔이 두개 들었다. 방 분위기가 차지게 붉은 것이, 맘먹고 달려들면 두개가 모자랄 수도 있겠다. 봉투를 내려놓고 창문을 활짝 열었다. 지대가 높아 기도원이 보일까 싶었는데 정면에 다른 모텔이 떡 있었다. 창문 열린 방이 하나도 없다. 날이 추우니까, 하고 다른 상상을 접는다.

"여보, 거기 여기서 멀어?"

"아니, 아까 택시에서 내린 오른쪽 안길에 바로 있어."

이 방과 등진 곳이다. 밖으로는 '소담농원'이라는 간판만 걸렸지만 안쪽에 농원과 기도원이 함께 있다고 한다. 우리는 잠시 쉬었다가 방을 나왔다. 복도에서 앳된 커플과 스쳤다. 십대 같은 이십대, 이십대 같은 십대. 객실에 비치된 콘돔을 꼭 사용하길.

택시에서 내린 곳으로 왔다. 오른쪽으로 좁게 난 길 바로 안쪽에 소담농원이 있었다. 주변 경치와 농원 건물의 아치형 쇠창살문이 잘 어울렸다. 창살 간격이 넓고 완만한 곡선이 예쁘다. 손글씨로 쓴 작은 나무 간판도 좋았다. 젊은 두 여인이 다가와 문 앞에서 사진을 찍었다. 셀카봉을 사용해 각도를 바꿔가며 찍었다. 우리는 두 사람이 윗길로 올라간 뒤에야 건물 안을 살필 수 있었다. 각종 분재로 꾸민 실내가 보였다. 사무실에서 흔히 볼 수 있는 가죽 소파와 철제 책상이 놓였다. 난로 위에 놓인 노란 주전자. 보는 것만으로도 따뜻하다. 그런데 사람이 없다. 남편이 간판 밑 창살에 붙은 벨을 눌렀다. 두번쯤 누르자 한 남자가 사무실 뒷문으로 들어오는 게 보였다. 그가 창을 통해 우리를 보았다. 남편이 벨을 한번 더 눌렀다. 남자가 그제야 사무실 앞문을 열고 나왔다. 사십대 초반쯤으로 소매가 때에 전 낡은 초록색 파카를 입고 있었다. 남편은 자기소개도 없이 곧장 원장을 찾았다.

"무슨 일로 오셨습니까?"

"서울 최장로님 소개로 왔다고 전해주십시오."

남자가 우리를 사무실로 안내했다. 그리고 곧 뒷문으로 나갔다. 난로 위 주전자에서 구수한 둥굴레차 냄새가 났다. 유리 장식장 안에 각종 국산차가 진열됐다. 결명자, 옥수수, 둥굴레, 현미 같은 친숙한 차였다. 잠시 뒤 뒷문으로 수더분한 육십대 중반쯤 되어 보이는 남자가 들어왔다. 그가 원장이었다. 안내해준 남자와 같은 파카를 입고 있었다. 팔에 낀 토시 때문인지 권위적이지 않고 인상이 좋아 보였다. 그는 들어오자마자 주전자에서 차부터 따랐다.

"오늘 유독 춥습니다. 한잔씩 드세요."

원장이 찻잔을 탁자에 내려놓았다. 차와 잘 어울리는 묵직한 토기 찻잔이었다. 왠지 찻잔마저 이 농원에서 직접 구웠을 것만 같았다. 맛있다. 원장이 묻는다.

"어떠세요?"

"좋네요."

"다들 우리 농원 차가 좋다고 하지요. 장로님은 건강하시지요?"

원장의 물음에 이번에는 남편이 대답했다.

"그렇다고 들었습니다만, 직접 뵙지는 못했습니다."

"예. 그 연세에 오돌뼈를 씹어 드시는 분이에요. 하하하. 그런데 무슨 일로?"

"사람 하나 구하려고 합니다."

"어디에 쓰시려고?"

"당장은 산장이나 지키게 할 생각입니다. 삼십대 초반의 얌전한 남자, 되겠습니까?"

"나이를 맞춰야 되나보죠?"

"사정이 그렇습니다."

원장이 고개를 끄떡였다. 찻잔을 들었지만 차마 마실 수가 없었다. 사람 장사. 이 사람들, 이런 대화를 표정 하나 바꾸지 않고 나눈다. 개 한마리 필요합니다. 어떤 용도로 쓰시게?

"하나가 있기는 합니다만, 글쎄. 직접 보셔야 할 것 같습니다."

"지금 볼 수 있습니까?"

"같이 가봅시다."

원장을 따라 뒷문으로 나갔다. 뒤뜰이 예쁘다. 나무를 훼손하지 않고 최대한 보존했다. 오른쪽으로 작은 개울이 있다. 지금은 물이 말랐지만 여름에는 소풍을 즐기기에 무척 좋은 장소다. 기도원은 뒤뜰 아래에 있었다. 땅에 통나무를 박아 계단을 만들었다. 간격이 넓은 여섯 계단. 원장이 구두를 신은 내게 조심해서 내려오라고 한다. 네. 인사하고 그가 육중한 쇠문을 여는 것을 보았다. 두꺼운 철판으로 앞을 막아놓은 것 같았다. 중압감이 대단했다. 우리는 원장이 열어준 문을 통과해 안으로 들어갔다. 기분 나쁜 쇳소리는 나지 않았지만, 텅 닫히는 소리에 가슴이 쿵 내려앉았다. 드디어 내 무덤에 들어온 것인가. NM 입장에서 어쩌면 나와 엄태성은 별다를 게 없는 존재다. 하지 말라고 하면 하지 않아야 하고, 그런 줄 알라 하면 그런 줄 알아야 한다. 거역하고 성가시게 하면 안 된다. 빌어먹을. 나도 참 우습다. 내가 언제부터 그렇게 착한 사람이었다고 여기까지 왔나. 미친 새끼, 하고 말았어야 했다.

기도원 마당 왼쪽으로 붉은 벽돌로 된 작업장이 있었다. 저곳에서 차를 만든다는 원장의 소개에, 그렇군요, 짧게 대답했다. 이 시간에는 기도원 사람 대부분이 작업장에서 차를 만든다고 한다. 볶고 자르고 나르고 티백에 넣어 묶는다. 원장은 이곳의 차에 상당한 자부심을 가지고 있었다. 농원과 기도원 모두 사회복지시설로 등록되었단다. 정면 콘크리트 건물이 기도원이다. 일층은 강당 겸 식당, 이층 삼층이 기도방이다. 기도하던 신도가 갑자기 뛰어내리기라도 하나. 작은 창들이 모두 쇠창살로 막혔다. 한 노인이 기도원 입구 옆 벤치에 앉아 해바라기를 하고 있다. 노인도 초록색 파카를 입었다. 무슨 이유에선지 벽을 손톱으로 긁는 청년도 있다. 청년도 같은 옷을 입었다. 둘 말고는 눈에 띄는 사람이 없었다. 이들은 우리가 보이지 않는지 옆으로 지나가도 전혀 반응이 없었다. 기도원은 매우 조용했다. 이층과 삼층, 복도를 가운데 두고 양쪽에 작은 문이 죽 늘어선 모습이 똑같았다. 그러나 어느 방에서도 기도 소리는 들리지 않았다. 원장이 멈춘 곳은 삼층 가장 안쪽 방 앞이었다. 번호가 붙어 있지 않았지만 원장이 309호라 했다.

"사모님은 여기서 보는 게 낫겠지요?"

"네."

문을 열어둔 채 원장과 남편이 들어갔다. 한평 반이나 될까. 더러운 양동이가 구석에 놓였을 뿐, 흔한 좌식책상 하나 없는 방이었다. 작은 라디에이터가 있어도 손이 시린 복도와 온도 차이가 없다. 엄태성은 시멘트 바닥에 너덜너덜한 솜이불을 깔고 누워 있었다. 그도 초록색 파카를 입었다. 피딱지와 고름으로 머리칼이 덩어리지고 헝클어졌다. 팔다리를 묶은 것도 아닌데 포박당한 사람처럼 손목과 발목을 겹치고 있었다. 몇달 사이에 저렇게 마르다니. 손발톱이 까맣게 죽었다. 희고 곱던 얼굴은 사라지고 핏물 쪽 빠진 창백함만 남았다. 왼쪽 눈썹부터 귓불까지 난 상처는 깊은 흉터로 남을 것 같다. 뭔가에 푹 긁힌 것 같다.

"어떻소? 얼추 나이는 맞는데."

"지금 기능 상태가 어느 정돕니까?"

"차 볶는 것 정도는 곧잘 합니다."

"그럼 이 사람으로 하죠."

말소리에 엄태성이 눈을 떴다. 눈썹이 찢어진 왼쪽 눈은 떠지지 않았다. 겨우 뜬 오른쪽 눈도 초점이 흐렸다. 그는 나를 잠깐 보고는 포기한 건지 안도한 건지 다시 눈을 감았다. 어떻게 할까요. 그만 죽여줄까요? 빌어먹을. 살려달라는 애원보다 더 비참한 무반응이었다. 동사 직전의 들개 같은 초연한 포기. 발길을 돌려 먼저 마당으로 내려왔다. 더 있을 필요가 없었다. 청년은 여전히 벽을 긁고 있고, 노인도 그대로 앉아 해바라기를 하고 있다. 왜 그렇게 벽을 긁어요. 대체 뭘 보는 거예요. 여기는 장애가 없는 것이 허락되지 않는 곳이었다. 곧 남편과 원장도 마당으로 나왔다. 우리는 다시 사무실로 돌아왔다. 원장이 그럼, 하고 팔토시를 벗으며 소파에 앉았다. 서둘러 인사를 했다.

"저는 먼저 나가 있겠습니다."

"추우실 텐데."

"괜찮습니다."

숨 쉴 때마다 찬 기운이 내장까지 스미는 것 같았다. 그래도 차 냄새 지독한 사무실에 남는 것보다 나았다. 택시에서 내린 곳에 서서 소담농원을 보았다. 저 예쁜 문 뒤에서 그토록 끔찍한 일이 벌어지고 있다니. 너무 깊게 들어갔다. 예쁜 문만 봤어야 했다. 남편은 원장이 무척 자랑스러워하던 차를 들고 나왔다. 거래가 잘 성사된 모양이다.

엄태성은 일주일 뒤에 데려가기로 했다고 한다. 얼마인지 묻지 않았다. 내 귀로 사람의 가격이 들어오는 것을 견딜 수 없었다. 농원 아랫길로 걸었다. 산 중턱 작은 공터에 편의점이 있다. 소담농원 앞에서 사진을 찍던 두 여인이 호빵을 먹고 있다. 한적한 겨울 여행에 행복해 보인다. 이 여행을 기록한 사진을 SNS에 올리겠지. 우연히 찾은 예쁜 문이랍니다. 여행의 묘미죠. 겨울 여행 부러워요. 저 여인들에게 원장에게서 받은 차를 주면 어떨까. 또 사진을 찍어서 올리겠지. 대박! 아까 사진에 나온 소담농원 차를 선물 받았어요! 숙소에서 따뜻하게 한잔. 부럽죠? 이런 상황이 벌어질까 두렵다. 내가 아는 소담농원과 그녀들이 알고 있을 소담농원이 너무 다르다. 볶고 자르고 포장해서 파는 게 차만이 아니었다. 다른 건 다 팔아도 사람은 남겨두면 안 될까? 같은 감각으로 같은 통증을 느끼는 존재들 아닌가.

남편이 스마트폰으로 일식당을 검색했다. 당장 갈 생각은 없었는데 마침 빈 택시가 와서 그냥 타버렸다. 입구에 커다란 스모 선수 그림이 걸린 식당이다. 도쿄 지하철역에 걸린 그림처럼 크다. 료고쿠 마츠리를 즐기러 찾았던 지역이다. 스모의 고장답게 곳곳에 크고 작은 스모 선수의 그림이 걸려 있었다. 플리마켓은 물론 각종 거리행사로 인파가 몰려도 눈살 찌푸릴 만한 쓰레기는 볼 수 없었다. 대부분이 자신의 쓰레기를 감당할 봉투를 들고 다녔다. 그 거리가 생각날 만큼 이 식당도 매우 깔끔했다. 스모 선수들이 보양식으로 즐기는 창코나베가 대표 메뉴다. 메인을 닭고기로 선택하고 창코나베가 끓는 동안 따뜻하게 데운 사케를 마셨다. 허기는 지는데 입맛이 없다. 남편도 눈치챘나보다.

"당고라도 먼저 먹을래?"

"아니. 씹는 게 귀찮네. 어떻게 된 거야?"

"원장이 장미숙 상무 작은아버지야."

우리들의 대모 장미숙? 어떻게 기도원을 찾게 됐는지, 그런 거래는 어떻게 알았는지, 대략 이런 순으로 얘기할 줄 알았다. 처음부터 장미숙이라는 이름이 불쑥 튀어나올 줄은 꿈에도 몰랐다. 남편은 처음부터 경호원들을 의심했다고 한다. 어떤 경호업체도 그런 식으로 약을 쓰지 않는다. 백번 양보해 마취가 필요한 경우라도, 침낭 사용은 도저히 납득할 수 없는 거였다. 게다가 비무장 민간 여성이 지휘했다. 대체 그런 경호가 어디에 있나. 그 소란에도 남의 집 불구경하듯 태연했던 남편이 실은 전체를 보고 있었던 것이다. 나는 당장 발등에 떨어진 불꽃에 급급했다.

상무가 온 것도 그랬다. 나는 그저 NM이 감출 게 있어 상무가 동행했을 거라 생각했다. 여하튼 남편은 먼저 W&L과 계약한 경호업체를 찾았다. NM이 제공하는 서비스이기에 어렵지 않았다고 한다. 그런 뒤 그 업체 사람 하나를 사서 W&L과 관련된 신고사항을 확인했다. 연간 몇건의 신고가 전부였고, 그날은 기록조차 되어 있지 않았다. 곧바로 상무의 뒤를 캤다. 여전히 실무에 깊게 관여하고 있었다. 밑에서 올라오거나 위로 올려야 하는 보고를 제 선에서 적당히 처리할 수 있는 위치다. 회사의 빈틈을 개인적으로 이용하려 들면 크게 어렵지 않을 것이다. 배우자 선정을 위한 싱거운 뒷거래는 신경 쓰지 않았다. 보다 더 흥미로운 게 있었다. 상무의 아버지와 그의 남동생이 사회복지시설을 운영했다. 상무의 아버지는 경기도 인근에, 그의 동생은 B시에 거점을 두고 있었다. 두곳 모두 기도원과 장애인고용 산업체를 함께 운영했다. 경기도 쪽 기도원은 신실한 신자들에게 꽤 알려진 곳이기도 했다. 그러나 B시 기도원의 정보는 거의 없었다. 개인 신청도 받지 않았다. 경기도 쪽과 연계해 그곳에서 보낸 사람만 받았다. 이 정보의 대부분을 제공한 남자가 최장로라는 사람인데, 그가 사람을 데려가기도 한다. 그의 정확한 직업은 알 수 없으나, 직접 개조한 밥차 트럭을 타고 각 지역을 돌며 노숙자들을 위한 자원봉사를 하고 있다. 그리고 가끔은 상무도 기도원에 사람을 보냈다. 엄태성은 경기도에 있다가 B시로 이송됐다. 보통의 경우 교육 중 상태가 심각해지면 B시로 보낸다고 한다.

"무슨 교육?"

"제빵 기술을 가르치는 건 아니겠지."

사케가 목에 한번 걸렸다가 내려갔다. 어느 해외 토픽 기사처럼 말하는 남편도 사케를 삼키기 힘들게 했다. 그러면서도 *끄떡끄떡* 그렇구나 하고 들었다. 원장이 자기 아버지였대도, 어, 아버지야, 대수롭지 않게 말할 것 같은 사람에게 놀란 표정은 호들갑스럽다. 이제 올해부터 교체될 경호업체도 신뢰할 수가 없다. 출장 전 상무에게 올렸던 서류가 우스워진다. 상무가 뽑아준 업체 리스트에서 그녀가 체크한 특이사항을 보며 작성했다. 나는 무슨 일을 한 것인가.

"엄태성씨 데려오면 지낼 곳이 필요할 것 같은데."

"당분간 모텔 방 하나 얻어서 지내게 해야지."

"집에서 지내는 건 힘들겠지?"

"왜 그렇게 친절해?"

"혹시 알아? 나중에 은혜라도 갚을지."

"은혜는 친절한 사람한테 갚지 않아. 두려운 사람한테

갚아. 친절한 사람한테는 입으로 갚고, 두려운 사람한테는 몸으로 갚는 거야."

"되게 현실적인 말인데, 씁쓸하다. 몰래 사라지면 어떡하지?"

"갈 길 간 거잖아. 여기까지만 해. 지금도 과해. 대체 어디까지 해주려고 그래? 왜 자꾸 손을 내밀어? 가라는 거야, 오라는 거야? 친절하지도 마. 할 일 했을 뿐이니까."

"인정머리 없어 보인다."

"인정을 사랑으로 받으면 어떡할 건데?"

"그건 아니지."

"그러니까 아니게 행동하라고. 여자들 조심해야 해. 친절하면 넘보고 싶고, 착하면 건드려보고 싶어져. 그래서 화내면, 이제 나쁜 년 되는 거야. 그게 과한 친절의 부작용이지. 가자."

남편이 먼저 일어나 카운터로 갔다. 저 남자, 시원한 듯 참 쓰다. 무심결에 차 상자를 들었다. 소담농원 웰빙 우리 차. 하얀 바탕에 초록색으로 쓰여 있다. 둥굴레. 현미. 메밀. 세가지로 구성됐다. 어떻게 이 차를 마실 수 있을까. 나는 상자를 탁자 밑에 두고 식당을 나왔다. 택시에 올라탈 때까지, 차 상자를 든 식당 직원이 달려나올까봐 두려웠다.

모텔 방 더운 공기에 몸이 눌렸다.

"당신 자? 옷은 벗고 자야지."

대답하기도 힘들 만큼 몸이 푹 꺼졌다. 잠깐만, 하고 잠시 눈을 감았다. 그러다가 목이 타들어가는 느낌에 눈을 떴다. 남편이 옆에서 자고 있다. 그새 내가 잠들었구나. 혀가 빡빡하게 말랐다. 주춤 일어나려는데 요의가 훅 올라온다. 물도 마시고 싶고 오줌도 마렵다. 일단 요의부터 해결하기로 했다. 변기에 앉아도 잠이 가시지 않아 자꾸 눈이 감겼다. 비몽사몽 물을 내리고 나와 거울을 봤다. 아이라인이 번지고 기름이 올라와 번들번들하다. 울다 잠든 것처럼 눈동자도 빨갛다. 살려주세요. 나도 모르게 세면대를 꽉 잡았다. 나였다. 담요를 뒤집어쓰고 시멘트 바닥에 누웠던 사람은 바로 나였다. 문 앞에 누가 서 있었는데. 색동 넥타이를 맨 채 NM 결혼반지를 끼고 있었다. 얼굴이 보이지 않아. 누구세요? 당신? 엄태성씨? 누구라도 제발 살려주세요. 그가 문을 닫았다. 그리고 잠에서 깼다. 꿈을 꿨구나. 터덜터덜 방으로 나와 화장대 의자에 앉았다. 깊게 잠든 남편을 본다. 왜 이렇게 적극적으로 동행했을까. 무엇을 보여주고 싶었을까. 더 나가면 나도 같은 처지가 될 거라고 경고한 것일까. 봐, 이렇게 되는 거야. 다행히 철문 굳게 닫힌 기도원은 내 무덤이 되지는 않았다. 퇴사한 동료와의 교류는 거의 불가능하다. 서로 원치 않는다. 그들은 지금 어디서 어떻게 지내고 있을까. 배우자가 원치 않는 아이를 낳으면 성년이 될 때까지 NM이 양육비를 지급한다. 본 적도 없으면서 저 엄청난 복지를 의심하지 않았다. 만약에, 유대리가 NM으로 돌아오지 않았다면 어떻게 됐을까. 무사히 지낼 수 있었을까. 꿈속의 내가 너무 처절했다. 살려주세요. 잠들어 다시 꿈을 꾸고 싶다. 자리를 털고 일어나 아치형 쇠창살문을 열고 나오고 싶다. 나도 편의점에서 호빵을 먹을 때 꼈으면 좋겠다. 내 또래였던 그 여자들, 예뻐 보였다. 자야겠다. 입안이 말라서 냉장고를 열었다. 어머, 이게 뭐야. 사케 세병이 냉장고에 나란히 누워 있었다. 언제 샀을까. 외투 주머니마다 하나씩 넣으면 쏙쏙 들어갈 작은 크기지만 사는 것을 못 봤다. 이 남자가 대체 어느 시점에서 취한 걸까. 신기하다. 생수병을 꺼내 그 자리에서 반병을 마셨다. 좀 살 것 같다. 다시 침대에 누웠다. 침대가 딱딱하다고 한 게 무안할 만큼 깊게 잤다. 그런데 왜 이제야 불편한가. 모로 누웠다가 어깨가 눌려 다시 반듯하게 누웠다. 여하튼 남편이 있어서 다행이었다. 나 혼자는 불가능했을 일이다. 지금 내가 유일하게 기대고 있는 이 남자. 오래도록 기억에 남을 것 같다. 억지로 눈을 감았다. 조금 전에 꾼 꿈을 다른 꿈으로 밀어내야 한다. 자자. 부북! 엄마, 깜짝이야. 남편이 뀐 방귀에 침대가 울렸다. 침대보 밑에 깔린 비닐장판 때문에 진동마저 느껴졌다. 아, 진짜…… 이불을 스윽 걷어내 남편 쪽으로 밀고 다시 눈을 감았다. 잠이 안 온다.

16

남편의 예명을 여전히 모른다. 작정하고 달려들면 알
아낼 수도 있겠지만, 스스로 공개하지 않는 한 일부러 캐
내고 싶지 않았다. 모든 작업은 철저히 작업실에서만 한
다. 내가 올라가지 않으니 별말은 없지만, 그는 내가 올라
가는 것을 원치 않는다. 집으로 누굴 부르지도 않는다. 방
음 처리된 이층 작업실에서 없는 사람처럼 혼자 일한다.
우연히 스치며 누군가와 통화하는 것을 들었는데 주식 관
련한 금융 쪽 일도 하는 것 같다. 휴대전화를 세대나 사용
하는 사람이다. 내 번호는 어떤 전화기에 들어 있을까. 매
사에 서두르는 기색이 없어 그저 태평한 사람처럼 보이기
십상이지만, 조금만 신경 써서 보면 어떤 규칙에 따라 시
간을 분배해서 사용한다는 것을 알 수 있다. 일이 없는 자
의 무료함이나 배배 꼬인 태평함이 아니다. 지금은 좀 쉬

자, 하는 것처럼 여유 시간을 차분하게 즐겼다. 나와는 평범한 일상을 원했다. 나는 그것을 노련하게 받아줘야 했다. 프로는 상대가 원하는 것을 깔끔하게 해내야 한다. 내 직업은 프로 아니다. 남편은 B시에서 돌아온 뒤 삼일째 밖에서 밤샘작업을 하고 있다. 작곡가이자 디렉터로 누군가의 신곡을 준비하고 있다. 쏟아지는 신곡 중 어느 것이 남편의 작품인지 나는 모를 것이다. 매우 예민한 작업 같은데 B시를 다녀오고도 일이 손에 잡히다니. 신기한 사람이다. 어쨌든 나는 남편의 일을 계속 모르는 상태로 이 결혼을 마치려고 한다. 훗날 어떤 노래만 듣고 남편을 떠올리면 곤란하다. 결국 나를 위해서라도 그의 영역을 침범하면 안 됐다. 남편도 없고, 다음 주에는 엄태성이 올라오니, 그사이 집에 다녀와야겠다.

— 집에 다녀올게. 앨범 기대해.

— 그래. 잘 다녀와.

사진을 저장한 메모리를 가지고 집으로 왔다. 전에 올림푸스 카메라로 찍은 사진이다. 현상한 사진 중 내가 골라준 것만 남편이 스캔했다. 오자마자 앨범을 만들 생각은 없어 가방에 그대로 두었다. 막상 옆집 할머니가 떠나니 조금 심심하다. 이제는 옆집에 누가 사는지도 모른다.

오래 비워둔 집 특유의 먼지 냄새 때문에 창문부터 활짝 열었다. 그리고 편한 옷으로 갈아입었다. 오늘이야말로 자판기를 버리려고 오기 전부터 벼르고 있었다. 자판기에서 재료 통을 꺼내 내용물을 쏟아냈다. 그런 뒤 대충 다시 끼우고 경비실로 가져갔다. 얼마나 무거운지 중간에 몇번을 내려놓았는지 모른다.

"이건 얼마를 받아야 되나. 자판기 버리는 사람은 첨이네."

아저씨가 알아서 해주십사 만원을 주고 돌아왔다. 내 역사의 분기점이 자판기를 버리기 전과 후로 나뉠 것처럼 후련했다. 모텔 냉장고만 한 자판기가 있던 자리에 원래 쓰던 커피메이커를 놓았다. 요즘은 드립이나 캡슐 형도 흔하지만 먹을 때마다 뭔가를 갈아 끼우는 게 귀찮다. 나는 한번에 한 주전자씩 내리는 게 좋다. 커피메이커 옆에 커피 전용 설탕과 머그컵도 놓았다. 새로 이사 온 집처럼 분위기가 확 바뀌었다. 내친 김에 청소기를 돌리고 스팀 걸레로 바닥도 닦았다. 스팀 걸레는 할머니가 젊은 오빠한테 산 것 중 하나를 내게 준 것이다.

"괜찮아요. 할머니 쓰세요."

"우리 집에 몇개 더 있어. 그냥 써."

바닥이 반짝반짝 빛났다. 청소한 보람을 느끼게 해주는

걸레다. 집이 깨끗하니 밖에서 들어오는 먼지가 신경 쓰였다. 얼른 베란다 창문을 닫고 보일러를 틀었다. 청소를 했더니 기운이 쏙 빠진다. 나는 무릎담요를 가지고 나와 소파에 누웠다. 집에서 자는 낮잠은 참 달다. 청소를 막 마친 집에서는 싱싱한 수박 냄새가 나는 것 같다. 상쾌하다.

정신없이 울리는 전화벨 소리에 눈을 떴다. 자세 한번 들지 않고 잤는지 오른팔이 저리다. 전화한 사람은 카드사 영업사원이었다. 카드사가 고객을 사찰하는 게 분명하다. 그렇지 않고서야 내가 집에 온 걸 어떻게 알고 전화하겠나. 내 이용실적이 좋아 특별 혜택을 주겠다고 한다. 어디 무늬만 사찰원에게 맡겼나. 나는 카드를 쓸 시간도 없다. 그녀는 내가 반박할 틈도 주지 않고 매뉴얼 읽듯 말을 쏟아냈다.

"죄송한데 이만 끊겠습니다."

"상담원 ○○○이었습니다. 행복한 하루 보내세요."

언제 내가 상담하자고 했나. 행복한 하루를 방금 당신이 날려 보냈잖아. 새로운 아이템으로 영업 중이면서 나를 위한 혜택이라고 박박 우겼다. 도대체 결제 대금을 대신 내주는 카드사가 어디 있나. 일단 통장에 현금을 넣어주고 권하든가. 에누리 없이 그 돈으로 결제할 테니까. 대신 결제라는 말을 강조하면서 앞으로 걸릴 수 있는 질병에 대해 말했다. 보험이네요. 아니라니까요. 4대 질병 말고도 대비해야 하는 질병이 많아요. 그러니까 보험이잖아요. 고객님, 보험이 아니라고 말씀드렸잖아요. 결제를 포인트로 하면 보험이 아닌가. 포인트로 결제하려면 다달이 얼마를 써야 할까. 아무리 포인트가 혜택이라 해도, 주기로 했으면 내 돈 아닌가. 결국 내 돈으로 결제하는 것인데 무슨 대신 결제인가. 전화 코드를 뽑았다. 코드를 뽑으니 자판기를 버린 것처럼 시원하다. 다시 소파에 누웠다. 이 고요. 눈을 감고 깊은 고요 속으로 빠져본다. 제발 오늘 하루만이라도 이렇게 있었으면 좋겠다.

공일공 사오사오 팔이사오. 주민 여러분 안녕하십니까. 자리만 차지하고 쓰지 않는 컴퓨터나 냉장고 세탁기를 해결해드립니다. 공일공 사오사오 팔이사오. 주민 여러분 안녕하십니까……

뭐야, 이 여자 목소리는. 재난안전대책본부에서 긴급 공지를 알리는 것 같은 소리가 주차장에서 울렸다. 잘 들어보니 중고 전자제품 매입업자다. 왜 그러냐, 진짜. 두 손 두 발 다 들었다. 항복. 당신들이 이겼어. 그러니까 그만 좀 해. 공일공 사오사오 팔이사오. 주민 여러분 안녕하십니까. 베란다 문을 꽉 닫았는데도 소리가 뚫고 들어온다. 아파트 방음이 쓰레기 같은 것이냐, 여자의 확성기 성능이 좋은 것이냐. 창과 방패냐. 중고 제품을 보유하고 있는 주민들은 뭘 꾸물거리나. 속히 들고 나가 저 여자의 입을 막으라. 확성기 여자가 나의 고요를 깨놓고 다른 지역 주민들의 고민을 위해 떠나고 있다. 그녀의 전화번호가 아련하게 들린다. 공일공 사오사오…… 나는 고요를 포기하고 일어나 무릎담요를 갰다.

냄비에 물을 올렸다. 냉장고가 텅 비어 먹을 게 없다. 라면을 넣어두는 싱크대 선반을 열었다. 빌어먹을. 라면도 없다. 가스레인지 불을 끄고 식탁 의자에 앉았다. 먹을 게 없으니 더 배고프다. 밥을 올려놓고 시장을 봐 올까. 언제 해서 언제 먹나. 혼자 배달시키기도 좀 그렇다. 시정에게 전화를 걸었다.

"집에 왔는데 냉장고가 텅 비었어. 배고파서 죽을 것 같아."

"기다려."

묻지도 따지지도 않는다. 찡하다. 시정이 오고 있다. 출장을 나가면 가족보다 먼저 떠오르는 친구다. 열일곱에 만나 서른이 될 동안 늘 곁에 있어주었다. 정말 수녀가 아닐까. 몇개월 만에 불쑥불쑥 나타나도 성직자 같은 마음으로 환하게 맞아준다. 시정은 전화를 끊고 얼마 되지도 않아 초인종을 눌렀다. 짜장면보다 빠르다. 자기 집 냉장고를 다 털었는지 양손에 바리바리 싸 왔다.

"니네 집에 헬기 있냐? 이렇게 빨리 오는 게 가능해?"

"시끄럽고, 일단 이거부터 먹고 있어."

시정이 노릇노릇한 배추전을 내놨다.

"그새 전도 해 왔어?"

"말이 되니? 마침 엄마가 하고 있었어."

배추전 한장을 김밥처럼 돌돌 말아 먹었다. 썹는 느낌도 없이 목으로 술술 넘어간다. 아직도 따뜻하고 아삭하고 고소하다. 시정 어머니의 요리 솜씨는 유명하다. 평범한 음식을 아주 맛있게 만든다. 배추전이나 김치찌개, 불고기처럼 대충 해도 일정한 맛이 나는 음식도 깜짝 놀랄만큼 맛있게 한다. 원래는 되게 맛있는 음식이었구나, 다시 생각하게 만든다. 요리 전문가가 되시라고 권했을 정도다. 하지만 시정 어머니는 너무 많이 알면 오히려 맛이 없어진다고 했다. 자신이 해준 음식 먹고 탈 나는 자식 없으니 그 정도면 된다고. 허기졌던 속이 깔끔한 배추전을 쑥쑥 받아들인다. 내가 세장째 돌돌 말자 시정이 찬합을 치웠다.

"저녁 먹어야지."

"아직 멀었잖아."

"금방 줄게."

도도도도도. 탁탁탁탁. 주방에서 경쾌한 소리가 들렸다. 어머니만큼은 아니어도, 시정도 한때 요리학원을 다녀 준전문가 수준으로 잘한다. 아까운 기술이 한두가지가 아니다. 조금만, 조금만 더 박차를 가했다면 뭐 하나쯤은 최고가 되었을 것이다. 뭘 하는지 잔칫집 같은 갈비찜 냄새가 났다. 뭐냐고 물으니 쇠꼬리찜이라고 한다. 어머니가 아버지 해주려고 사둔 쇠꼬리를 가져왔단다. 무슨 애가 저렇게 단순할까. 좋은 쇠꼬리 세트 하나 사서 보내야겠다. 먼저 먹어서 죄송합니다, 아버님. 시정은 찜솥을 올리고도 뭔가 뚝딱뚝딱 더 만들고 그제야 소파에 앉았다. 미안하고 고마워서 커피를 타주고 싶은데 빌어먹을 믹스커피가 없었다. 자판기를 내일 버릴 걸 그랬다. 일어났는데 빈손인 게 민망해 생수를 한잔 따라 주었다.

"자판기 어디 있어?"

"그거, 할머니 이사 갈 때 선물로 드렸어."

"잘했다."

"얼른 커피 사 올게."

저녁을 먹으면 더 마시고 싶을 테니 미리 사두는 게 좋겠다. 무슨 애가 원두가 안 맞나 몰라. 멀리 가지 않고 상가 슈퍼마켓에서 80개들이 믹스커피를 샀다. 인스턴트커피가 뱃속에서 커피콩이 될 때까지 마셔라. 돌아오니 찜 냄새가 집 안을 꽉 채웠다. 나물 냄새까지 더해 명절 음식을 준비하는 집 같았다. 맥주를 같이 사 오길 잘했다. 시정을 도와 식탁을 차렸다. 시정이 집에서 가져온 밑반찬까지 차리니 풍성하다. 압력솥에 푹 찐 쇠꼬리찜이 부드러우면서 쫄깃했다. 쇠꼬리찜 전문 식당을 차려도 되겠다. 이건 진짜다. 떡은 팔기에는 좀 그랬는데, 이건 대단했다.

"시정아, 나 회사 때려치우고 너랑 쇠꼬리찜 전문점이나 할까?"

"난 내가 좋아하는 사람한테만 해줄 거야."

"내가 문 앞에서 니가 좋아하는 손님만 받으면 되잖아."

"내가 누굴 좋아하는지 니가 알아?"

"성직자. 스님은 내가 뒷문으로 잘 받을게."

"죽을래!"

시정이 마련한 대단한 음식은 우리의 서른 기념 밥상이었다. 살짝 환갑상 같기도 했지만 든든하고 외롭지 않은 자리였다. 먹고 마시며 우리가 할머니가 됐을 때를 상상하며 수다를 떨었다. 스무살 이후로는 시정 같은 친구를 사귈 수 없었다. 일정한 거리를 두고 필요에 따라 뭉치

거나 흩어졌다. 일행 중 누가 삐쳐서 가버려도 일일이 따라가 화를 풀어주는 일도 없다. 그런 것은 어릴 때나 가능했다. 좀 안 맞네. 피해버리는 것이다. 성장통의 기억을 공유하지 않은 사람에게 맨 모습을 보여주기란 쉽지 않았다. 남들이 모두 예스 하는데 왜 나만 노를 해야 하는지 이해시키기 어려웠다. 시정도 그러하지 않았을까. 시정은 혜영이 죽은 뒤로 모텔에 가지 못했다. 가까운 데 널린 모텔을 두고 먼 곳의 호텔을 이용해야 할 만큼 그때의 여파로 여전히 힘들어 했다. 이런 사정을 주변에 어떻게 설명할까. 유난이라는 비아냥거림은 그냥 웃음으로 넘기는 게 속 편했을 것이다. 그리고 나를 찾았다. 나는 아니까. 하지만 그 시절의 아픔을 안다고 해서 모두 친구가 되는 것도 아니다. 우연히 대학 학보사 동기를 만난 적이 있다. 그리고 그가 혜영에 대해 떠벌리는 것에 학을 뗐다. 혜영이 워낙 우리 학교에 자주 왔고, 나를 찾으러 학보사 사무실까지 온 바람에 스치듯 인사한 게 전부였다. 그는 나를 잘나가는 W&L의 직원으로 소개하고, 주위 사람들이 관심을 보이자 헛소리를 지껄였다. 얘 친구 중에 골 때리게 죽은 애가 있어요. 저도 건너건너 들은 주제에 나와 관련한 일을 알고 있다는 것으로 한껏 거드름을 피웠다. 그래놓고, 친구 좋은 게 뭐냐며 괜찮은 여자 있으면 연락하라고 했다. 꼴에 우쭐해서 저는 별 관심 없는데 내가 무척 대단한 고객님께 매달리는 것처럼 굴었다. 그랬으면 끝까지 목에 힘주고 있든가. 나는 한동안 그의 전화에 시달려야 했다. 어떻게 됐어? 아직 괜찮은 소식 없냐? 스펙은 평균인데 벌써 VIP 행세를 하는 인간을 누구와 연결해주나. 꼴이 꼴 같지 않아 우리 회사와는 인연이 아닌 것 같다며 정중하게 물리쳤다. 정식 가입해서 당당하게 소개받든가. 회비는 내기 싫으니 나를 통해 뒤로 소개받고 싶어 했다. 회원 정보를 빼돌려 저한테 연결해달라는 건데, 터진 입이라고 어디서 말 같지도 않은 말을. 그때도 시정을 찾을 수밖에 없었다. 시정도 그 새끼를 아니까.

"시정아, 평균 연령이 85세라는데, 우리 그때까지 살 수 있을까?"

"넌 죽을 때 옆에 누가 있었으면 좋겠어?"

"사랑하는 사람이 있으면 좋겠지."

"그럼 내가 있어줄게."

"나보다 오래 살겠다 그거지?"

"그럼 나 죽을 때 니가 옆에 있든가."

혜영은 어땠을까. 함께 놀았으면서 왜 우리가 없는 곳에서 죽었을까. 어쩌다가 이제는 이름조차 꺼내기 힘든 존재가 되었을까. 고등학교에 입학하고 얼마 되지 않았을 때였다. 시정이 도시락을 들고 내게로 왔다. 밥 같이 먹자. 그래. 며칠 뒤 그 비슷한 모습으로 혜영도 합류했다. 싱겁게 만났지만 어느새 삼총사가 되어 학원도 과외도 함께 다녔다. 돌이켜보면 우린 참 겁쟁이였다. 내가 특히 그랬던 것 같다. 나는 놀기만 하는 애들을 보면 신기했다. 저렇게 놀고도 원하는 일을 할 수 있을까. 아버지는 정년까지 쉬지 않고 일했다. 중소기업이지만 전무까지 지냈다. 그래도 늘 오빠와 내 학비를 걱정했다. 어머니는 일년에 한두번 정기세일 때나 옷가지를 구입했다. 우리 남매에게 부족한 것 없이 해줬지만 풍족하다고 느낀 적은 없었다. 내가 아버지의 연봉을 받으려면 얼마나 걸릴까. 서른 살 때는 혼자 살 수 있는 집을 갖고 싶었다. 그러나 내가 취직해서 받을 연봉을 계산해보면 집은커녕 자취방도 구하기 힘들었다. 결론은 고시원인가. 그러면서 공부는 왜 이렇게 죽도록 하고 있나. 생각할수록 화가 솟고 짜증났다. 그나마 일탈이라고 한 게 고작 시험 끝나고 클럽에 가는 정도였다. 그래놓고 다음 날은 여지없이 학교와 학원과 과외를 다녔다. 그런 겁쟁이가 자라 지금의 내가 되었다. 아무래도 그때 놀기만 하던 아이들보다 내가 더 행복한 것 같지가 않다. 나와 별반 다를 게 없었던 시정은 어떨까. 넌 지금 행복하니? 우리는 왜 이렇게 바보 같을까.

"시정아, 우리 되게 등신 같다. 그치?"

"너만 그래."

"왜 이래, 야메 수녀님께서."

"너는 왜 앞만 보니? 목이 있으면 좀 둘러봐라."

"알고 보니 피임약 회사 VIP인 거야? 받은 샘플이라도 내놔봐."

시정이 나를 째려보며 일어났다. 주전자에 물을 올린다. 아까부터 맥주와 커피를 번갈아 마셨다. 별난 애다. 옛날에는 맥콜만 마신 적도 있다. 맥주도 콜라도 아닌 탄산보리차 같은 음료였다. 잘 팔지도 않아 일부러 대형마트를 찾아가 박스째 사놓고 마셨다. 가끔은 내게도 하나씩 주었다. 뭐든 맛있을 때라 주면 주는가보다 하고 받아먹었다. 그러나 혜영에게는 주지 않는 걸 알고부터는 나도 먹지 않았다. 별것도 아닌 걸로 마음이 불편해지는 게 싫었다. 맞다. 앨범을 만들어야 한다. 잊고 있었다. 벌떡 일어나 식탁을 정리했다. 큰 것들은 식기세척기에 넣고 자잘한 것들은 직접 닦았다. 시정이 남은 음식을 정리했다. 싱크대의 물기까지 싸악 닦아내고 행주를 빨아 널었다. 시정이 또 커피를 탄다. 깨끗하게 정리된 주방에서 마시는 커피는 참 맛있다. 아는데, 오늘 꼭 해야 할 일 때문에 시정이 늦게까지 있는 게 점점 불안해졌다. 염치없이 그만 가달라고 할 수도 없고. 식기세척기가 벌써 살균 소독을 한다.

"너 안 늦었어?"

"자고 갈 거야."

17

시정 때문에 앨범도 못 만들고, 그렇다고 가만히 있자 니 심심해서 TV를 켰는데 뉴스가 나왔다. 애호박만 한 애 플수박이 개발됐다. 사과처럼 깎아 먹는 수박이다. 수박 하나 설명하는 데 세가지 농산물이 필요했다. 수박은 깎 아 먹지 않는 게 장점 아닌가. 수박을 반으로 쩍 자를 때 의 희열이 사라진 느낌이다. 사과를 식칼로 쩍 자른다고 그 느낌이 나나. 가벼워서 노인이 들고 오기는 좋겠지만 꽤 비쌌다. 수박은 비교적 서민 과일인데. 부자 서민이 많 아야겠군, 하다가 부자가 무슨 서민인가, 하며 생각이 엉 켰다. 뉴스를 좀더 들어보니 아니나 다를까 올해 첫 수확 은 전량 백화점으로 납품한다고 한다. 역시 서민 과일이 아니었다. 시정이 이런 내 생각에 토를 달았다.

"서민들은 백화점에 안 가니?"

"가는데, 지갑이 자꾸 마음에 걸리지. 진정한 서민 백화점은 다이소야."

우리는 계속 TV를 보며 이런저런 맥 빠진 말들만 했다. 내가 TV를 꺼버렸다. 더 늦으면 앨범을 만들지 못한다.

"시정아, 나 우리 부장님 앨범 만들어야 되는데 깜빡했다."

"휴가 낸 부하한테 그딴 거 시켜도 돼?"

"직장생활이 그런 거란다. 어떡하냐, 욕하면서라도 해야지."

컴퓨터에 메모리를 꽂아 사진을 출력했다. A4 크기 프레젠테이션용으로 나온 두툼한 순백색 용지를 사용했다. 양면으로 사진을 출력해도 울지 않을 만큼 두껍다. 사진 전용지도 있지만 그건 너무 두꺼워 코팅할 때는 쓰지 않는다. 오늘은 양이 많지 않아 단면으로 뽑았다. 출력한 종이를 잉크가 잘 마르도록 펼쳐두었다. 내가 오빠 방에서 코팅기와 제본기를 거실로 가져오자, 시정이 코팅지와 제본 표지를 꺼내왔다. 같이 자주 해본 터라 알아서 잘 챙겼다.

"스프링은 9밀리면 돼?"

"7밀리면 될 것 같아."

내가 코팅지에 사진을 끼워 건네주면, 시정이 기계로

코팅했다. 우리는 손발이 잘 맞는다. 아버지 등산 동호회 앨범도 같이 만들었다. 시정이 코팅된 남편의 사진을 보았다. 그리고 의심했다. 분위기가 회사원 같지 않다고. 부장 정도면 그동안 살아남기 위해 치열하게 부딪히고 억누른 흔적이 얼굴에 남는다. 그것에 성과가 입혀지고 정치적 관록이 붙는다. 그간의 경험을 바탕으로 판세를 빠르게 인지하고, 원활한 업무 수행을 위해 고개 숙일 때와 들 때를 명확하게 구분한다. 일선에서 한발 물러난 상무 이상 간부들과 달리 여전히 실무 전쟁을 치른다. 업무상 접대 자리에도 많이 나간다. 상대방에게 우리가 당신을 그렇게 하찮게 생각하지는 않아, 하는 인식을 주기에 적당한 위치다. 그런데 부장씩이나 나왔는데도 똥물 마시는 표정으로 앉아 있는 꼴값들을 만나면, 부장의 애환이 쑤욱 올라온다. 회사 급 떨어지게 왜 이래. 윗분들 보고 싶으면 더 크고 와라. 위로는 리더십을 의심받고 아래로는 원망받거나 무능하다고 공격당하기 일쑤다. 대표와 이사진이 대거 출동하는 망할 송년회 자리에서는 간부면서 간부 아닌 취급을 받고, 평사원이 아님에도 평사원인 기분으로 술잔을 받는다. 남편의 얼굴에는 이런 노고가 묻어 있지 않았다. 시정이 그것을 읽었다. 직장생활이라고는 다 합해도 이년을 못 채운 애가 잘도 안다. 노년까지 공기업 이

182

사로 맹활약했던 아버지 영향인 것 같다.

"얼굴도 못 보는 다른 간부들 다 필요 없어. 일선에서는 부장이 호랑이야."

"말 돌리지 마. 그 나이에 이런 삘 나기 쉽지 않아. 이 남자 괜찮다."

"소개해줄까?"

"결혼 안 했어?"

"이혼했어."

"그럼 여자 많겠네. 관심 없어."

"이혼하면 여자가 많아지냐?"

"묘한 분위기가 있어. 이런 이혼남한테 여자 많이 끌리잖아."

시정은 다시 입을 꾹 다물고 근엄하게 코팅만 했다. 왜 저러나. 내가 알기로 시정은 지금까지 두 남자와 짧은 연애를 했다. 모두 연애라는 말이 무색할 정도로 매우 짧은 만남이었다. 왕성한 호기심으로 중구난방 취미생활을 하는 바람에 연애가 쉽지 않았을 것이다. 그러면서 남자는 왜 그렇게 만나지 않을까. 조신도 하여라. 그렇다고 입까지 조신한 애는 아닌데 오늘 무척 조용하다. 남편 사진을 골동품 감정하듯 본다. 그러더니 나를 보지도 않고 전에 쓰던 한지를 가져오라고 했다. 너무 신중하게 말한 바람

트렁크　　　　　　　　　　　　　　　　　　**183**

에 일절 대꾸 없이 한지 상자를 꺼내왔다. 시정이 손으로
한지를 잘라 사진을 꾸몄다. 금세 코스모스가 핀 들판이
완성되었다. 밋밋하던 사진이 활기를 띠었다. 액자 같아
제본으로 묶기에 아까울 정도였다. 코스모스가 남편과 잘
어울린다. 내가 가장 좋아하는 꽃이다. 시정은 남편의 어
디에서 코스모스를 봤을까. 시정이 묻는다.

"너 요즘은 어떤 스타일 좋아해?"

"게리 올드먼. 말초적으로 간 떨리게 섹시해."

"그런 남자가 사귀자고 하면 사귈 거야?"

"그런 남자는 남의 것일 때 더 섹시해 보이는 거야. 갑
자기 왜?"

"궁금해서. 근데 이 남자는 게리 올드먼 스타일은 아니
네. 잤니?"

"멋대로 상상하는 병이 다시 도졌구나. 또 해보자는 거
지? 좋아, 너 터미네이터섹스 해봤어? 이 남자가 말이야,
끝났나 싶으면 아윌비백 하고 다시 살아나. 쾌감이 폭죽
처럼 몸에서 펑펑 터져. 그러면서 이 남자 등에서 날개가
쫙 펼쳐지지. 아, 이제 떠나시는 건가요, 굿바이. 그러면
그때 날개를 싸악 접고 조용히 외쳐. 아윌비백. 그리고 다
시 쑤욱 들어오지. 니가 천상의 SF섹스를 알겠냐."

시정이 슬쩍 웃고 다시 사진을 꾸몄다. 웃기는. 안 믿는

척 다 믿을 거면서. 표지를 만들었다. 보통은 레자크지에 문정산악동호회, 2009. 4. 쓰고 마무리하는 게 다였다. 그런데 이번에는 시정이 하늘색 레자크지 아랫부분에 남녀가 서 있는 모습을 한지로 꾸몄다. 사람 형태만으로 아련하고 고즈넉한 분위기를 냈다. 제본기로 코팅한 사진에 구멍을 뚫었다. 시정이 앞뒤로 폴리프로필렌 표지를 대고 스프링을 끼워 앨범을 마무리했다. 지금껏 만든 앨범 중 가장 근사하다. 시정이 완성한 앨범을 한장 한장 넘기며 물었다.

"넌 아직도 사진 안 찍나보다."

나도 모르게 숨을 골랐다. 시정이 혜영을 입에 올리려고 한다. 그런데 나는 아직 준비가 되지 않았다. 같이 있었을 적 얘기도 우리 둘만 쏙 빼서 할 만큼 어렵다. 혜영을 가여워만 하지 않는 내 옹졸함도 싫다. 나는 내가 사라진 사진들에 여전히 화가 나 있다. 그런 줄 알라 했던 죽음에, 삭제된 내가 관련됐을까봐 두려웠다. 내가 스스로 인지하지 못하는 가해자였으면 어떡하나. 나는 그렇지 뭐, 하고 시정의 눈을 피했다.

수능 날. 나는 그날을 잊지 못한다. 시험 때문이 아니다. 혜영이 내게서 댕강 떨어져나간 날이기에 그렇다. 그날 밤 우리는 홍대 근처 클럽에서 놀았다. 보통은 맥주를 마셨는데 그날은 혜영이 위스키를 같이 시켰다. 나는 위스키를 한잔도 넘기지 못했다. 너무 독해 마시면 곧장 토했다. 그런데도 혜영이 자꾸 권했다. 내가 건배만 하고 내려놓으면 귀신같이 알고 타박했다. 그러고는 아무 남자와 춤을 췄다. 내가 취한 것인지, 혜영과 춤추던 남자들이 자꾸 나를 보는 것만 같았다. 어떤 남자는 내게 몇시에 나갈 것인지 묻기도 했다. 그날따라 기분 나쁜 추파가 계속 느껴져서 클럽을 옮기고 싶었다. 혜영이 미친년처럼 이 남자 저 남자 부비고 다녀 쪽팔리기도 했다. 시정도 열이 받았는지 먼저 가자고 했다. 그래도 어떻게 혼자 두고 가나. 나는 혜영에게로 가서 손을 잡아끌었다.

"가자."

"왜?"

"가자고."

"왜 그러는데?"

"가자고 미친년아!"

그 과정에서 남자들과 시비가 붙었다. 혜영이 돌변해 같이 춤추던 남자의 뺨을 기분 나쁘게 톡톡 치며 욕을 했기 때문이다. 당연히 곧 두들겨 맞았다. 혜영이 잘못한 것은 아는데 우리는 삼총사 아닌가. 씨발씨발 대거리하다

직원들이 말리는 틈을 노려 도망쳤다. 클럽에서 나와 죽기 살기로 뛰어 극동방송국 주차장으로 숨었다. 혜영은 도망치면서도 징징거렸는데 숨어서는 대놓고 울었다. 싫었다. 우리 여기 있어요, 하고 우는 꼴이었다. 뒤늦게 쫓아온 두 남자가 방송국 앞 대로에서 소리쳤다. 걸릴까봐 숨조차 제대로 못 쉬는 상황에서 혜영이 계속 머저리처럼 울었다. 비극적으로 가련해 보이는 과장된 울음에 따귀를 갈기고 싶을 정도였다.

"니들 내 눈에 띄면 죽는다!"

천만다행으로 남자들은 그 말을 남기고 사라졌다.

"커튼 뒤에서 징징 처울다 제일 먼저 뒈지는 몇초짜리 조연이냐? 이런 상황에서는 애도 안 울어. 미친 거 아냐?"

그리고 곧장 택시를 타고 집으로 와버렸다. 며칠 뒤 서로 사과했지만, 나는 어떤 불쾌감 때문에 혜영을 전처럼 대할 수가 없었다. 그날 이후로는 보기만 해도 짜증나고 싫었다. 나는 한번 싫어지면 그 마음을 되돌리기가 어렵다. 어떤 예쁜 짓을 해도 움직이지 않는다. 그리고 그 모습을 숨기지도 못한다. 혜영도 알았을 것이다. 착한 애였고, 클럽에서의 이상 행동도 그때가 처음이었기에, 웃어넘길 수도 있었다. 그런데 왜 그렇게 싫었을까. 둘만 있게 되는 상황은 어떻게든 피했다. 수능이 끝나고 시간이 많아졌지만, 그 남자들을 다시 만날 것 같다는 핑계로 더는 클럽에 가지 않았다. 지역을 옮기자고 하면 또 그에 맞는 핑계를 댔다. 혜영이 학창시절 마지막 겨울방학을 위해 여행 스케줄을 짜 오기도 했다. 나는 집에서 반대한다고 했다. 거짓말이었고, 여행은 취소됐다. 시정과 나는 같은 대학을 다녔고, 혜영은 다른 대학에 다녔다. 그런데도 꼭 우리 학교로 와서 기다렸다. 멀리 혜영이 보이면 나는 다른 방향으로 가버렸다. 혜영은 더이상 내 친구가 아니었다. 착한 애한테 너무 매몰차게 대했나. 그래서 내 사진을 다 버렸을까.

"그때 내가 혜영이한테 너무 심했지?"

추억하듯 최대한 가볍게 물었다. 나 때문에 시정마저 옛 친구를 가슴에 묻어둘 필요는 없다. 너는 괜찮으니까 편하게 말해도 된다는 사인이었다. 시정이 앨범을 닫고 탁자에 툭 내려놓았다.

"싫으면 어쩔 수 없잖아. 혜영이도 잘한 거 없어."

"혜영이도 내가 되게 싫었나봐. 그래도 나는 사진은 안 건드렸다."

"그거, 나 때문에 그런 거야."

"너?"

"내가 널 좋아해서 버렸어. 클럽 일 있기 한참 전부터."

맥이 확 풀렸다. 그 바람에 조금 전과는 다른 숨 고르기를 해야 했다. 셋이면 둘이 짝이 되고 한명이 나머지가 될 때가 있다. 홀수의 숙명인지도 모른다. 그런데 주로 붙어 다닌 건 시정과 혜영이다. 내가 둘이 사귀냐고 했을 정도였다. 따지지는 않았다. 나는 그런 것에 조금 무덤덤했다. 둘이 화장실을 가든 먼저 학원을 가든, 갔나보다 했다. 이유가 있겠지. 그랬기에 삼각대의 균형이 오래 유지됐을 것이다. 그런데 왜 갑자기 시정이 나를 더 좋아했다고 하나. 그렇다 하더라도 겨우 그딴 질투로 사진을 없앴다고? 혜영은 우리가 부채의식을 가질 만큼 착한 애였다. 원한 적 없고 딱히 맘에 드는 것도 아닌데, 자꾸 뭔가를 만들어 왔다. 유치한 벙어리장갑을 애써 짜 왔고, 그저 그런 요점 정리도 족보처럼 만들어 왔다. 누구 생일이라도 있으면 며칠 전부터 고민했다. 인사치레가 쌓일수록 부채의식도 쌓였다. 공부하면서 짬짬이 이런 거 하는 거냐, 이런 거 하면서 짬짬이 공부하는 거냐? 천재인데? 잠은 자냐? 그렇게 우리는 받기만 하는 친구들이었다. 성년 파티도 그렇다. 클럽 일 뒤로 이미 마음이 멀어졌지만, 워낙 착한 애니까 거절하기 어려웠다. 다음 학기부터 호주로 워킹홀리데이를 간다고 해서 더욱 그랬다. 떠나는 자신이 아니라 남은 우리를 위한 파티였다. 그렇게 잘해줬으면서 훨씬 전부터 내 사진을 버리고 지웠다니. 애들처럼 왜 이러나.

"니들 나 모르게 미쳤던 거냐?"

"사랑이 원래 미치는 거야."

"누가 누굴 사랑하는데?"

"혜영이가 날. 내가 널."

　늦었다. 정리해야지. 코팅기를 만져봤다. 열이 다 내렸다. 전원을 끄고 코드를 뽑았다. 무슨 말인지 모르겠다고 우기고 싶다. 그런데 내 몸의 감각이 너무 일사불란하게 움직인다. 몸이 말한다. 알잖아, 왜 이래. 코팅기와 제본기 코드를 정리하는데, 시정이 뒤에서 내 어깨에 팔을 두르고 안는다. 엄마야…… 비켜봐, 치워야지, 하고 몸을 살짝 빼냈다. 침착하자. 시정은 원래 아기처럼 자주 매달렸다. 손잡는 걸 좋아하고 잘 껴안는다. 맨날 가만히 있어놓고 갑자기 뿌리치는 건 좀 어색하다. 너, 그랬구나. 그동안 시정이 한 말들을 조합해본다. 고1 때 3학년 걸스카우트 선배를 같이 좋아했다. 보이시한 모습에 푹 빠졌다.

"인지야, 저 선배가 사귀자고 하면 어떡할래?"

"당장 사귀지. 지옥이라도 따라간다."

"내가 사귀자고 하면?"

"일단 저 선배 반만이라도 섹시해지고 말해."

대학 때 첫눈에 반한 학보사 선배는 시정의 과 선배였다.

"시정아, 니네 과 학보사 선배, 여친 있냐?"

"남친 있어."

"역시 뭔가 다르다 했다. 어떤 남자인지 좋겠다."

"부러우면 너도 예쁜 여자 만나."

"예쁘면 다냐? 나한테 들어와야지, 멍청아!"

시정은 여리게 생겨서 마초 같은 남자를 좋아했다. 그러니까 나는 그런 줄 알았다. 동성애 얘기도 크게 개의치 않았다. 사랑에 관한 얘기를 할 때면 자연스럽게 올라오는 화제였다. 나는 사랑을 초자연적인 현상이라고 믿는다. 이유 없이 끌리는 어떤 강렬한 충동이다. 그것이 동성을 향해 흘러도 막을 수 없다. 누가 무슨 자격으로 둑을 쌓고 막나. 초자연적인 현상을 과연 인간이 막을 수 있나. 평소 내 생각이 그랬다. 다만 동성에게 사랑을 느껴본 적이 없을 뿐이다. 혜영이 고2 때부터 내 사진을 버렸다고 한다. 고2 때는 둘이 같은 반이었고 나만 떨어졌다. 그게 중요한 건 아니지만. 아이고, 머리야. 그럼 혜영이도? 뭐냐. 내가 알면 뭐라고 하나.

"왜 이제 얘기하는 거야?"

"수능 마치고 후련하게 고백하려고 했는데 그날 일이 그렇게 됐고, 성년의 날 진지하게 고백하려고 했는데, 그날도 그렇게 됐어. 벌써 서른이야. 이 정도면 나 잘 참았잖아, 안 그래? 근데, 나 이제는 하나도 안 섹시하지?"

"너하고 나는 섹시의 기준이 다른가보다. 넌 삼선 슬리퍼가 하이힐보다 섹시하지?"

"뭐라고?"

"니가 흰 양말에 저거 신고 있으면 그냥, 하…… 저딴 거 신고 다니면서 무슨 섹시 타령이야."

"맨발로 신으면 굳은살 생기고 냄새나니까 신은 거지! 그리고 너네 집 오는데 힐까지 신고 와야 하니?"

"다른 데 갈 때도 잘 신으면서…… 아니, 근데 너 좀 웃긴다. 잘 참은 건 그렇다 치고, 그 와중에 소개팅은 뭐냐? 혹시 그때쯤에는 맘 접었던 거 아냐?"

"내가 널 모르니? 코 납작하게 해주고 뺑 찰 거 뻔하니까 주선했지. 진짜 멋진 사람이면 내가 미쳤다고 소개하니? 누구 좋으라고……"

"……너는 참는 김에 계속 참고, 진짜 멋진 사람 있으면 소개 좀 해봐. 친구 좋은 게 뭐냐."

"죽을래 진짜!"

"……커피 타줄까?"

주전자에 물을 올렸다. 그리고 믹스커피를 뜯으며 시정의 말을 들었다. 혜영과 시정이 고2 때 잠시 연인관계였나보다. 넌 우리하고 달랐잖아, 하고 시정이 웃는다. 둘이 한참 붙어다닐 때였던 것 같다. 나는 그저 친구끼리 손잡고 어깨동무하는 것쯤으로 알았다. 언젠가는 아이스크림을 먹다가 둘이 뽀뽀를 했는데, 지랄한다, 하고 웃어넘겼다. 기분 좋은 아기들끼리 하는 뽀뽀 같았다. 그런 느낌으로 시정이 내게 입술을 쭉 내밀기도 했다. 입술이 문드러지게 해주지, 하고 내 입술로 눌러버렸다. 별 감정 없었다. 이런 깜찍한 계집애 같으니라고. 시정은 혜영이 내 사진을 지운 게 자신의 결별선언 때문이라고 했다. 내가 눈치챌까봐 친구로 남기로 한 반쪽짜리 결별이었다. 그런데 그것을 혜영이 받아들이지 못했다. 맞다, 털장갑! 혜영이 고2 겨울방학 때 짜준 장갑이었다. 손등에 반쪽짜리 하트가 있었다. 서로 맞추면 혜영과 시정은 딱 맞았는데, 나는 누구하고도 맞지 않았다. 형태와 크기가 달랐다. 혜영이 나의 반쪽 하트를 찾아주겠다고 했고, 시정이 좀 짜증을 냈던 것 같다. 시정은 그 장갑을 쓰지 않았다. 촌스럽다고 했다. 사실 좀 그렇긴 했지만 나는 따뜻해서 그냥 끼고 다녔다.

　"야, 내가 다른 거 사줄 테니까, 그 장갑 좀 끼지 마!"

　"사줘. 두개 끼면 더 따뜻하겠네."

　"장갑 안 끼면 얼어 죽니?"

그때부터 시정의 눈치가 보여 나도 그 장갑을 잘 끼지 않았다. 나였구나. 그래서 그랬구나. 나도 참 미련했다. 전혀 눈치채지 못했다.

"근데 그날 장갑은 왜 챙긴 거야? 아직도 가지고 있어?"

"거기서는 꼭 맞는 사랑하라고 내 거하고 같이 태웠어. 넌 그 단추 어떻게 했어?"

"가지고 있어."

"그거 내 중학교 교복 단추야."

"대단하다, 니들. 돌려줄까?"

"너한테 잘 갔는데 왜 내가 다시 가져."

시정의 단추가 돌고 돌아 내게로 왔다. 작은 게 사람 참 심란하게 만든다. 시정에게 커피를 주고, 나는 다 쓴 기계들을 정리했다. 바닥을 쓸려다가 커피에 먼지가 들어갈 것 같아 기계부터 오빠 방으로 옮겼다. 그리고 바닥에 떨어진 한지 조각을 주웠다.

"아, 커피 맛있다. 사랑해."

"뭐래는 거야. 발 좀 치워."

깜짝 놀랐다. 평소 인사처럼 하는 말이 아니었다. 오늘 날 잡았나. 생각할 틈도 안 주고 몰아붙인다. 내 미련함으로 친구의 마음을 이제야 안 것이 미안하기도 하다. 내 사랑이 늘 시정의 반대편에 있었기에 시정을 볼 틈이 없었다. 제대로 이룬 사랑도 없으면서 늘 다른 쪽을 보고 있었다. 이제 봤는데 어떡하지. 평생 커피 뒷바라지를 해주는 친구라면 자신 있는데. 자판기를 다시 찾아올까. 만일 시정이 이성이었다면, 이 자식이 진작 고백할 것이지, 하며 동갑내기 연인이 되어 투닥투닥 친근하고 뜨거운 밤을 보냈을 것이다. 그런데 시정은, 하, 머리 아프다. 여자 둘이 뭘 할 수 있을까. 벅차게 옷을 벗고 뜨겁게 마주 본 뒤, 친하게 손잡고 자나? 그런 거 비슷한 것은 이미 자주 해봤다. 찜질방에서 자연스럽게 홀딱 벗고 서로의 몸을 보며 수치를 잰 뒤, 씻고 나와 수면실에서 함께 잤다. 그런 거랑은 완전히 다르겠지. 사랑 참 어렵다. 나는 모은 한지 조각을 버리고 화장실로 들어갔다.

욕실에 내 칫솔과 시정의 칫솔이 나란히 걸려 있다. 당연하게 보던 물건들이 낯설다. 가족 모두 지방으로 내려가자 시정이 물건을 사다 날랐다. 칫솔 수건 머그컵 슬리퍼처럼 자잘한 것들이지만 모두 쌍으로 사 왔다. 그런가 보다 했는데 되게 신났겠다. 소파에서 잘까 하다 어쩐지 촌스러운 것 같아 침대에 같이 누웠다. 딱 붙어 누운 시정이 자꾸 신경 쓰인다. 슬쩍 몸을 빼서 모로 누웠다. 괜히 움직였나. 몸에 힘이 바짝 들어가 목이 뻣뻣하다. 베개를 살짝 돌리는데 시정이 묻는다.

"아까 그 부장하고 결혼할 거 아니지?"

"…… 쓸데없는 말 그만하고 얼른 주무셔."

애 혹시 아직 경험이 없는 건 아닐까. 이토록 순진한 애가 왜 나를. 오래전에 나를 떠난 남자가 있다. 그리고 그보다 더 오랫동안 나를 사랑한 여자가 있다. 남자는 아직 돌아오지 않았고, 여자는 지금 옆에 누워 있다. 왜 나였을까. 시정의 입술을 본다. 키스해볼까. 아, 아무래도 그건 안 되겠다. 몸이 움직이질 않는다. 시정이 깊이 잠들었다. 말을 해서 후련한가보다. 사람 이상하게 만들어놓고 저만 쿨쿨 잘 잔다. 고작 셋밖에 안 되는 친구가 왜 이리 복잡한가. 한명만 더 있었으면 제명에 못 죽었겠다. 시정도 혜영의 죽음에 자신이 관련됐다고 생각하는 것 같다. 어쨌거나 우리는 혜영이 원하는 형태의 마음을 보여주지 않았다. 어느 순간부터는 아예 차단했다. 그건 친구가 아니지 않나. 혜영은 벌써 그렇게 생각했는지 모르겠다. 마침내 우리를 포기해야 해서 죽은 거면 어떡하지. 제발 그건 아니었으면. 두렵다. 아니아니, 둘이 친구고 하나는 친구가 아니었지 아마. 증인처럼 그런 말을 하는 사람이 나타나면 어떡하나. 만일 시정이 끝까지 혜영의 연인이었다면 덜 아프게 떠났을까. 볕 아래 맘껏 내놓을 수 없는 사랑이었다. 내놓으면 내놓은 대로 힘든 사랑이었다. 기어이 구석에 처박으려는 사람들 때문이다. 이런 사랑, 모두 꺼내어 볕에 널고 싶다. 누구라도 보송보송 잘 마른 사랑을 했으면 좋겠다. 사랑 때문에 우는 사람이 없었으면 좋겠다. 나 때문에 시정이 안 그랬으면 좋겠다.

일어나보니 시정이 맑은 된장국과 밥을 차려놓고 사라졌다. 야심차게 고백해놓고 저도 아침에 마주하기는 쑥스러웠나보다. 힘든 고백에 한번쯤 고민하는 모습을 보였어야 했다. 바보처럼 아침은 왜 차려놓고 간 거야. 된장국을 먹는다. 맛있다. 그동안 시정의 사랑을 우정이라고 단정했다. 이제 겨우 알겠는데 몸이 움직이지 않는다. 빌어먹을, 내 몸은 시정이 끓인 맑은 된장국에 더 충실하게 반응하고 있다. 고맙고 미안해서 문자를 보냈다.

— 된장국 끝내준다.

— 나도 좀 그렇게 사랑해봐라.

한참을 보다가 짧은 문자를 보냈다.

— 문드러지게 사랑한다. 됐냐?

18

남편이 예상보다 일찍 귀가했다. 가수가 시간을 좀 달라고 했단다. 누군가에게는 간절한 꿈이 그에게는 단순 직업이 되었나보다. 남편은 그가 만년과장처럼 모든 곡을 지루하게 소화한다고 했다. 노래 잘 부르는 건 사람들이 다 아니까, 이제 진짜 노래를 들려줘. 남편이 그렇게 말하자 그가 시간 좀 달라고 했단다. 누굴까. 연령대만 알면 대충 추려낼 수 있을 것 같은데. 일단 싱글 앨범만 띄우고 분위기 봐서 정규 앨범으로 묶을 예정인가보다. 남편은 자신이 제작 중인 앨범보다 제본 앨범에 더 흥미를 보였다. 내가 너무 허접하게 얘기해서 기대치가 낮았을 수도 있다. 뭐든 준전문가의 실력을 가지고 있는 시정의 한지 공예도 한몫했다.

"한지를 찢어서 만든 것 같은데?"

"맞아."

숨씨 좋은 친구가 도와줬다고 짧게 말했다. 시정을 이 밀약의 세계로 깊게 데려오고 싶지 않았다. 나는 이들이 선택한 NM 결혼에 왈가왈부할 생각 없다. 결혼제도가 긴 세월 검증된 삶의 형태라 하더라도 이들은 그것이 불편하다. 대안이든 쾌락이든 이 결혼을 필요로 한다. 그러나 역으로 관습과 제도에 익숙한 것을 진부한 삶으로 조롱하는 듯한 태도는 마음에 들지 않는다. 익숙함이 곧 진부는 아니며, 제도로 보호받아야 하는 사람도 분명 존재하기 때문이다. 시정의 사랑은 아직 관습과 제도를 뚫지 못하고 있다. 그렇다고 이성의 사랑을 조롱하지 않는다. 당연하게 드러내는 그들의 사랑을 부러워할 뿐이다. 사랑을 어떻게 몇개의 틀로 단정할까. 인간이 한 오백년 살았으면. 그러면 남들처럼만 살다 죽는 일은 없을 텐데. 철회하고 방향을 틀 시간이 부족하다. 남들처럼 산 기억만 유전되고 다르게 산 기억은 억압으로 소실된다. 늘 처음인 양 부딪혀야 하는 시정의 사랑이 안타깝다. 그것을 내가 받아줄 수 없어 더욱 그렇다. 혹시 내게 아직 사랑이 남았다면 가능할까. 잘 모르겠다.

"당신은 집에 있어."

"응?"

"그 남자, 내가 데리고 올게."

남편이 사소한 픽업처럼 말했다. 설마 잊었겠냐만 불쑥 튀어나온 말에 움찔했다. 남편이 앨범을 들고 이층으로 올라갔다. 수집하는 CD 사이에 꽂히겠지. 이로써 나는 고의적으로 명확한 흔적을 남겼다. 실수로 흘린 흔적을 주워 증거로 보관하느니 직접 주고 떠나는 게 낫다. 다만, 뒤에 올 FW가 걱정이다. 서연이 언제 한번은 불쑥 찾아와 존재를 밝힐 테고, 또 그녀와 함께 이층으로 올라가겠지. 그때 저 앨범을 보면 어떨까. 여보, 이층에 이상한 앨범이 있네. 전처가 만들어준 거야. 언짢을 것이다. 알고 있는 것과 실체를 보는 건 느낌이 다르다. 입사 초기에는 결혼하면 침구와 식기부터 새것으로 바꿨다. 알몸으로 뒹굴었을 침구와 다른 입으로 들어갔을 식기가 마음에 들지 않았다. 지금은 사람 사는 거 다 그렇지, 하고 때 되면 세탁하고 소독할 뿐이다. 게을러진 것인지 무던해진 것인지, 그렇게 변하고 적응했다. 적응하기 힘든 것은 살림살이가 아니었다. 사람이었다. 피의 농도가 다른지 세포의 질이 다른지, 열이면 열, 백이면 백이 힘들었다. 그저 나와 형상이 흡사한 새로운 종을 만나는 기분이었다. 엄태성 역시 그러했다. 사람이 아닌 것 같았다. 집으로 돌아가면 썩지 않은 인절미처럼 흐물흐물 괴생물체로 있다가, 아침이면 사람 형상으로 변신하는 괴물 같았다. 때문에 어제는 사라지고 늘 다시 처음이 돼버리는. 반복, 반복, 또 반복. 제발 이런 사람은 내 인생에서 그가 마지막이었으면 좋겠다. 남편이 이층에서 내려와 자동차 키를 챙겨 밖으로 나갔다. 시동 소리가 왜 그리도 크게 들리던지. 드디어 그가 돌아온다.

약간의 안도와 불안이 섞인 께름칙한 기다림이었다. 나는 여전히 혼란스럽고 불쾌했으며 안타까웠다. 그 때문에 아주 최소한의 인간적인 모습으로 그를 대하기로 했다. 문득 떠오른 게 식사였으므로 찬합을 꺼내 밥과 반찬들을 담았다. 그를 위해 새로운 뭔가를 만들고 싶지는 않아 냉장고에 있는 반찬들로 대충 찬합을 채웠다. 그러는 동안 남편에게 곧 도착한다는 전화를 받았다. 나도 택시를 불러 서둘러 모텔로 향했다. 모텔 입구에서 내려 주차장을 살폈다. 아직 남편의 차는 보이지 않았다. 나는 잠시 주차장 한쪽에 서서 남편을 기다렸다. 그리고 얼마 지나지 않아 차창 전체를 짙게 선팅한 남편의 차가 주차장으로 들어섰다. 주차할 동안 잠시 기다렸다가 남편이 차에서 내리는 것을 보고 다가갔다.

"일찍 왔어?"

"아니. 방금 왔어. 엄태성씨는?"

"자."

엄태성은 뒷좌석에서 웅크리고 자고 있었다. 오는 동안 계속 잤다고 한다. 남편이 그의 어깨를 살짝 잡았다. 그가 눈을 떴다. 눈을 뜨니 비로소 그의 존재가 확연하게 다가왔다. 그래, 저렇게 생겼지. 남편 작업에 차질이 생겨 예정보다 일주일이 늦었다. 그동안 모습이 많이 좋아졌다. 얼굴에 퍼졌던 퍼런 기색도 사라졌다. 머리를 자르고 깨끗이 씻기만 해도 사람이 저렇게 다르다. 왼쪽 눈썹에서 귓불까지 난 상처에는 깨끗한 거즈가 붙었다. 우리는 그를 데리고 미리 예약해둔 이층 방으로 올라갔다. 매우 고전적인 모텔이었다. 침대 옆 작은 테이블, 화장대 옆 작은 냉장고, 옷장 대신 원목 스탠드 옷걸이가 놓였다. 남편이 한달치 방값과 밥값을 미리 지불해두었다. 엄태성이 침대에 등을 대고 바닥에 앉았다. 나는 테이블에 간단하게 준비해 온 식사를 내려놓았다. 찬합은 버려도 된다고 했는데, 괜한 말을 한 것 같다. 그는 말없이 찬합을 보고 느릿느릿 일어나 침대에 누웠다. 우리는 그런 그를 두고 방을 나왔다. 로비로 나오니 모텔 주인 남자가 입구에 서 있었다.

"방금 올라간 그 손님 혼자 계시는 거지요?"

"예."

"더 일찍 나간다고 하면 어떻게 하지요? 환불이 좀 거시기한데."

"환불해주지 않아도 됩니다. 나간다고 하면 전화나 한번 주십시오."

남편은 특별히 그를 부탁하거나 염려하는 말 따위는 하지 않았다. 주인 남자도 일일이 이유를 묻지 않았다. 나는 그에게 가벼운 목례를 하고 차에 올랐다. 어쨌거나 기도원에 있는 것보다는 조금 마음이 놓였다. 그는 지금 무슨 생각을 하고 있을까. 내가 무슨 잘못을 했습니까, 그러지는 않을까. 내가 당한 고통을 보잘것없는 일들로 취급해도 딱히 대거리할 생각 없다. 그렇게 생겨먹은 인간이니까. 자꾸 따라다닌다고 신고해도 간단한 주의로 끝날 일이었다. 그러나 나는 그가 나타날 때마다 문득 죽어버렸으면 했다. 마땅히 처분할 수 없는 수준에서 계속 거슬렸다. 살인이 대단한 일로 벌어지는 게 아니구나. 탁 탁 탁 몇번 긋다 어느 순간 확 불꽃이 이는 성냥처럼, 한번만 더 찾아오면 죽여버리리라 했다. 반복되는 거슬림이 내 살기를 건드렸다. 웃는 그의 얼굴에 자꾸 침 뱉는 여자가 된 것 같기도 했다. 왜 싫다는 사람을 찾아와 나쁜 여자로 만드는지. 순진한 걸까. 나이 먹고 너무 순진하면 젖병 빠는 노인처럼 징그럽다. 무엇을 잘못했을까요. 맞지 않는 우리가 만난 게 잘못이겠지요. 갑갑하다. 차창을 반쯤 내렸다.

"여보, 나는 왜 저 남자만 보면 화가 날까?"

"당연하지. 먼저 일어나서 죄송합니다. 시간이 안 되네요, 미안합니다. 죄송한데 나가주세요. 자꾸 사과하게 만들었잖아. 자기가 툭 쳐놓고 사과받는 사람이야. 사과와 거절이 얼마나 무거운 건데. 생큐, 오케이, 하고는 질이 달라. 사람을 푹 꺼지게 해. 진짜 좋은 관계를 유지하려면 상대가 구질구질하게 사과할 상황을 만들면 안 돼."

남편을 본다. 나도 저때가 되면 저렇게 명쾌해질까. 멋있네.

"이제 보니까 당신 잘생겼다."

"이쪽에서는 그런 말을 좀 듣지."

어쨌거나 내가 연루된 비인간적인 기도원 생활 때문에 전의 일들을 사과받을 틈도 없이 내가 다시 사과하는 상황이 돼버렸다. 파가 높이 자란 파밭에 머리를 처박고 소리치고 싶다. 씨발! 내가 너한테 뭘 어쨌는데! 아무튼, 당장은 노숙자 같지만, 쉬면서 전의 명랑했던 모습을 빨리 되찾길 바란다. 그 명랑함으로 자신을 반겼던 사람들에게로 돌아갔으면 좋겠다. 예쁘다 예쁘다 하는 사람들 틈에서 예쁜 채로 살면서, 영영 나타나지 않았으면 좋겠다.

남편이 외부 녹음을 마치고 나머지 기술적인 작업은 집에서 하고 있다. 녹음이 차일피일 늦어져 시간이 좀더 걸릴 줄 알았다. 썩 만족한 녹음은 아니었나보다. 잘한다 잘한다 했더니 가수가 그대로 굳어 전곡을 마치 한 곡처럼 불렀다고 한다. 그래도 그쯤에서 녹음을 마친 건 그를 위해서였다고. 현재로서는 최선을 다한 그에게 독설로 비수를 꽂을 수는 없었다. 독설로 될 사람이 있고 안 될 사람이 있다. 충언과 독설은 다르다. 독설은 자신의 견해를 앞세워 상대를 모독하는 경우가 대부분이다. 내 어머니의 경우처럼 그런 말을 해도 되는 위치에 있다는 자아도취에 빠져, 권력 과시의 카타르시스로 사용하면 최악이다. 독을 주고 약으로 만들라 하는 것은 우아한 자기방어에 불과하다. 혹시 살아 돌아와 제 입에 더 센 독을 털어 넣을지 누가 알겠나. 살려줘. 당신도 약으로 승화시키세요. 그렇다고 남편이 되돌아올 독이 두려워 문제점을 보고도 그냥 넘어간 것은 아니었다. 그는 타인의 한계보다 자신의 한계를 더 정확하게 파악하는 남자였다.

 "내 선에서 더는 불가능해."

 "디렉터가 살짝 무책임한 거 아냐? 재미 좀 붙이지 그랬어."

 "붙일 재미가 있었으면 불가능하다고 했겠어?"

몇절만 들으면 그보다 더 잘 부르는 사람을 찾기 힘들다는 것을 보니, 일단 노래는 무척 잘 부르는 가수인가보다. 그런데 전곡을 들으면 가슴이 답답해진다고 한다. 이 노래 언제 끝나나. 매 마디 매 소절을 이어 부르니 듣는 사람이 숨 쉴 틈이 없다는 것이다. 누굴까. 실타래에서 실 풀리듯 노래를 줄줄줄 이어 부르는 가수가. 남편이 무슨 말을 하든, 내 머릿속에는 아는 가수 이름이 총망라되고 있었다. 누굴까 대체. 이어 부르기는 한때 그의 전매특허 창법이었다고 한다. 그러나 이제는 듣는 사람이 지치고 지루하다.

"그 창법으로 유네스코 무형문화유산으로 등재되는 게 목표가 아니라면, 한 곡쯤은 다르게 표현해도 되잖아. 근데 그게 안 돼."

"나름 스타일이겠지. 존중해줘."

"어, 둘이 똑같은 말을 하네?"

"그래?"

"그래서 나도 그렇게 하겠다고 했지."

그뒤로 작업은 일사천리 진행됐다. 때 되어 발표한 기념 음반처럼 자기라도 오르가슴을 느끼는 앨범을 냈으니 자위거리로는 괜찮을 거라고 한다. 앨범이 죽느냐 사느냐는 하늘의 뜻이다. 그러나 내가 주시하는 건 베일에 가려진 저 가수가 아니다. 오르가슴을 느끼든 하늘의 뜻을 받든, 그건 그의 사정이다. 내 관심사는 남편이다. 자신의 일과 관련된 얘기를 점점 자주 한다. 피할 것은 피하면서 툭툭 던진다. 첫 결혼 때는 상상도 하지 못했던 일이다. 그러면서 내 얘기를 기다렸다. 당신은 어때? 글쎄, 딱히. 아직까지는 그렇게 얼버무리고 있다. 무엇이 알고 싶은 걸까. 나의 스물네시간을 함께하는 남편을 상대로 어떤 새로운 얘기가 있을까. 이번 출장에서 만난 남편이 좀 희한해. 주사가 술 사기야. 그거 말고는 아무리 마셔도 티가 안 나. 음주측정기로도 측정이 안 될 거야. 경찰이 지켜보다가 술을 사면 달려가서 딱지를 떼야 해. 열두병 사셨네요. 면허 취소입니다. 이런 말이라도. 남편이 소파 손잡이에 비스듬히 기대어 나를 본다. 모르는 척 빨랫감을 탁탁 털어 개기 시작했다.

"여보."

"응?"

"여보."

"왜?"

"여보."

"왜!"

하하하! 남편이 손잡이를 탕탕탕 치며 웃었다. 술을 먹어도 얼굴 색 하나 변하지 않는 사람이, 자기 웃음에 취해 시뻘겋게 달아올랐다. 왜 저럴까. 자기 침에 사레라도 들렸나. 무시하자. 수건이 보송보송 잘 말랐다. 청바지가 풀 먹인 것처럼 빳빳하다. 반으로 접으면 접힌 자국이 날 것 같다. 그대로 걸어야지. 남편에게 바지걸이 좀 가져오라고 했더니 애먼 소리를 한다.

"나는 당신이 그렇게 볼 때가 제일 예쁘더라. 왜? 하고 툭 볼 때. 적극적이지도 않고 소극적이지도 않아. 뭔가 태평해. 어떻게 그렇게 별게 아닌 왜를 하지? 긴장감이 전혀 없는 왜야."

무슨 헛소리야. 슬슬 돌기 시작하는 봄기운에 심신이 나긋해졌나. 왜는 그냥 왜지, 달라붙는 말이 뭐가 이리 많아. 청바지를 탁자에 내려놓고 남편을 불렀다.

"여보."

"왜?"

"왜라는 말이 생각보다 되게 묘한데? 대답과 의문을 동시에 품네. 말 나온 김에 우리 남편 한번 품어볼까?"

하하하하! 남편이 박수를 치면서 크게 웃었다. 대체 그 가수가 뭘 어찌했기에 이렇게 실성했을까. 얼마나 이상한지 거울 좀 보여줬으면. 가까워지는 것을 경계했던 남편이다. 그런데 요즘은 자기가 자주 경계를 넘는다. 전보다는 조금 더 나를 신뢰하는 것 같다. 그러나 너무 깊은 신뢰는 상대를 잡아당겨 한쪽으로 묶는다. 동등한 위치 따위는 없다. 먹거나 먹힐 뿐이다. 둘 중 누구의 아가리가 더 큰지는 자명하다. 줄까요, 말까요. 나는 저 엉성한 신뢰의 떡밥을 덥석 물 생각이 없다. 고객님, 영원히 나의 등을 보고 싶지 않으면 그 떡밥 치우세요. 물면 좋고 안 물면 마는 그런 떡밥은 매력이 없지요. 먹히는 한이 있어도 한번쯤 물어보고 싶은 떡밥이라야 마음이 움직이지 않겠습니까. 내가 백지수표를 긍정적으로 보지 않는 이유도 그와 비슷하다. 전폭적인 신뢰를 밑밥으로 깐 올가미 같다. 주제파악해서 결정도 네가 책임도 네가. 하지만 생색은 내가. 두번째 남편이 그랬다. 만기파경을 코앞에 두고, NM이 아니라 밖에서 몇년 같이 살자고 제안해 왔다. 그러면서 원하는 금액을 말하라고 했다.

"말하자면 백지수표지."

"백억."

그리고 그 일은 무산됐다. 내가 제 그릇을 아는데 어디서 만수르 흉내인가. 부자가 뭔지 보여주고 싶었으면, 진흙길에 무빙워크는 못 깔아도 보도블록은 깔아야지. 그는 곧 제 결정을 철회하고 야유했다.

"잘못되면 네가 책임질래?"

"이 제안, 내가 했어?"

"적정가라는 게 있는 거야."

"그러니까 간 보지 말고, 당신이 나를 얼마짜리로 보는지 그냥 말하라고. 그럼 예스 오 노로 간단하게 끝낼 테니까. 뭐가 이렇게 질척질척해?"

리스크는 제시하는 쪽이 지고 갈 짐이다. 만일 내가 예상보다 적게 불렀다면 아니, 그보다는 더 받아야지, 했을까. 그런데 그의 예상 금액은 말하기도 민망한 액수였다. 벤틀리 타는 인간이 아내에게는 지하철 정액권을 끊어주는 것보다 더하면 더했지 덜하지는 않았다. 차라리 내 연봉으로 벤츠를 사겠다, 이 새끼야. 노. 마지막 날 밤 그는, NM으로부터 구출하고 싶어서 한 말이니 오해는 말라며 나를 안았다. 내가 납치당했냐? NM 아내로 잘해주니까, 저를 무척 좋아하는 줄 알고 헐값에 즐기려 든 심보였을 뿐이다. 더러워서 이 생활을 접을까 심각하게 고민했다. 나는 결혼보고서에 그의 배우자 점수를 매우 낮게 매겼으며, 그 기록은 아직도 깨지지 않고 있다. 그리고 한줄 평에는 의로운 척하는 양아치로 기입했다. 그뒤 나는 나의 포지션을 정확히 했다. 나는 FW 그 이상도 이하도 아니다. 어떤 신뢰가 쌓였든 더 적극적인 관계는 맺고 싶지 않다. 그것이 사랑이라면 더욱 그렇다. 시정이 사랑은 미치는 거라고 했다. 그러나 NM의 남편들과는 그것이 불가능하다. 그냥 미치기에는 너무 불편한 이해관계가 얽혔다. 좋지? 그래. 그런데 제발 웃지 좀 마. 그 가수가 누군지 알면 달려가 따지고 싶다. 너 내 남편한테 무슨 짓을 한 거야. 실도 잘라야 쓰는 거지. 왜 끊지도 않고 노래를 불러서는. 좋은 말로 할 때 스타카토로 전곡 다시 불러!

19

마지막 분기 보고서 작성을 위해 삼일째 출근하고 있다. 이미 첫날 완성했지만 일부러 시간을 끌고 있다. 망할 회사가 일찍 작성해서 올리면 칭찬은 못할망정 내 성의를 의심한다. 그리고 남은 기간 동안 또다른 일을 준다. 동료들의 면박도 무시할 수 없다. 나 때문에 자신들이 상대적으로 게을러 보인다는 것이다. 그래, 급할 거 뭐 있나. 천천히 가자. 부지런 떨면 회사나 좋지, 나한테 떨어지는 거라도 있나.

상무는 요즘 두 신입사원의 현장교육으로 바쁘다. 두 사람이 동시에 입사하는 경우는 매우 드물다. 회원을 대기시키는 한이 있더라도 함부로 뽑지 않는다. 애를 태우는 것은 회원이지 회사가 아니다. 이번에는 인재가 한꺼번에 나타났나보다. 매년 신입들의 스펙이 점점 높아지고 있다. 회사가 그런 것을 따져서가 아니라 뽑고 보니 좋은 스펙이었다. 융통성 없이 똑똑하기만 한 배우자는 피곤하다며 손사래 치는 회원도 있다. 그러다보니 융통성 있게 자신의 스펙을 감추는 직원까지 생겼다. 신입들이 올 때마다 궁금하다. 너는 어디까지 배워봤니? 상무가 문자를 보냈다.

　　─퇴근하고 한잔하자. 좋은 소식 있어.

　　좋은 소식은 회사에서 말하고 퇴근은 제때 합시다.

　　─정말요? 그럼 제가 쏘겠습니다.

　　─무슨, 법카 들고 나간다.

　　─빨리 정리할게요.

　　남편에게 문자를 보냈다.

　　─나 오늘 회식.

　　─갑자기?

　　─신입들 환영식.

　　─살짝만 굴려.

　　─그래야지.

　　삼성동에 있는 와인바로 갔다. 상무가 사는 아파트에서 멀지 않은 곳이다. 셰프가 거대한 철판에 해물을 굽는다. 시장기가 확 돈다. 메밀차 티백을 우린 물과 샐러드가 나올 때마다 상무의 입이 쉬지 않는다. 단골집인가보다. 이 집 채소가 어디에서 오는지 잘 알고 있다. 나는 막대처럼 썬 오이를 아작아작 먹었다. 혹시 뭘 눈치챘나. 도무지 속을 모르겠는 여자다. 주문한 해물 요리가 나왔다. 상무가 잠시 고개 숙여 일용할 양식에 감사기도를 했다. 샐러드는 양식이 아닌가. 그건 왜 그냥 먹었는데. 늘 그렇다. 상무는 기분 내킬 때만 기도한다. 나이롱. 상무가 와인을 따르며 낮게 말했다.

"여기 사장이 나하고 같은 교회 다녀. 깜빡할 뻔했네."

신보다 교인을 더 두려워하는 신자다.

우리는 잔을 살짝 부딪치고 쭉 마셨다.

"좋은 소식이 뭐예요?"

"노차장 이번에 부장대우 올렸다."

부장대우라. 그대로만 된다면 NM에서도 꽤 빠른 승진이다. 초반 승진은 빨라도 차장과 부장은 간극이 매우 크다. 상무는 내가 에이스 클래스 등급의 회원을 전체적으로 관리하길 바랐다. 담당자가 갑자기 퇴사하면서 생긴 공백이다. 회원 중 가장 낮은 등급이긴 하지만 급이 다른 영역으로의 이동이며 현장근무 출신에게는 쉽게 나지 않는 자리였다. 에이스, 플래티넘, 블랙. 상무는 기본적으로 에이스와 플래티넘의 총책이지만, 플래티넘을 중점적으로 관리한다. 가장 높은 등급인 블랙은 부대표가 직접 맡고 있다. 그들은 극소수의 정재계 인물들이다. 이들의 배우자로 선정되면 별도의 교육을 받는다. 들리는 말로는 NM이 아닌 외부에서 일시적으로 조달하는 경우도 있다고 한다. 이는 매우 특별한 경우다. 나는 블랙 회원을 만난 적이 없다. 에이스와 플래티넘은 우리도 정확히 구분할 수 없다. 등급별로 회원을 차별할까봐 알려주지 않는다. 경험으로 짐작할 뿐이다. 소설가 남편은 에이스, 현재 남편은 플래티넘, 대충 그 정도. 부나 유명세로 등급이 정해지는 것이 아니다. NM의 까다로운 심사로 분류된다. 에이스는 버려도 될 카드다. 시장성은 좋지만 난잡한 컴플레인도 많이 들어온다. 만기파경을 하고도 불만을 품고 혼인성사자금을 환불해달라는 진상도 있다. 그러면 회사는 깨끗이 돌려주고 회원 자격을 박탈한다. 꺼져. 현장근무자를 노리개 취급하는 회원도 있다. 두건 이상 같은 보고가 올라오면 그때도 깨끗하게 돈을 내주고 자격을 박탈한다. 돈 좀 있나본데 다른 데다 써. 너도 꺼져. 그러면 대부분이 처음에는 욕하다가 재가입을 위해 다시 NM을 찾는다.

재가입 조건은 더욱 까다롭다. 환불받은 돈의 두배를 재가입비로 내야 한다. 그래도 감수한다. 그러므로 누가 갑인지 확실히 알게 되는 것이다. 에이스 그룹은 그만큼 손이 많이 간다. 회원 선정팀과의 마찰도 피할 수 없다. 컴플레인이 들어오면 이쪽에서는 선정에 불평하고, 저쪽에서는 관리에 불평한다. 거지 같은 회원을 뽑고 지랄이야. 회원 관리 하나 못하고 지랄이야. 그러나 더 위로 가려면 통과해야 하는 관문이다.

"언제까지 출장 다닐 거야. 그동안 고생 많이 했다."

"고맙습니다."

"좋은 자리 났는데, 이왕이면 내 후배 앉혀야지."

상무는 나의 대학 선배다. 그런데 회사에는 우리 대학 출신이 별로 없다. 위로 올라갈수록 더욱 심하다. 요직으로 꼽히는 스카우트 팀 대부분이 사장과 같은 대학 출신이다.

"이번 출장 마치면 바로 승인 날 거야. 조금만 더 버텨."

뭘 알고 내 입을 막으려는 처사는 아닌 것 같았다. 순수한 선배의 마음이었다. 그런데 내가 이미 상무의 뒤를 보고 말았다. 떼어놓고 생각할 수가 없다. 기도원으로 사람을 나르는 걸 어떻게 봐야 하나. 그곳에서 사람 다루는 방식을 모르는 건가. 어떻게 이렇게 태평할 수가 있을까. 무서운 사람이다. 무심코 마지막 잔을 먼저 비웠다. 상무가 면박을 준다.

"우리 학교 애들은 왜 이렇게 뻣뻣한지 몰라. 엉기는 맛이 없어. 가자."

픽 웃고 상무를 따라 일어났다. 상무가 법인카드로 계산했다. 회사는 상무를 필요로 하고, 상무는 회사를 필요로 한다. 백년해로할 찰떡궁합이다. 잘 먹었습니다, 인사하고 헤어졌다.

이제 만기파경까지 회사에 나갈 일은 없다. 남편도 세계문화유산이 될지 모르는 실타래 가수의 작업을 끝내고 여유가 있나보다. 작업실에서 거장의 은퇴작을 꺼내 왔다. 맥주를 내놓고 안주 준비한다고 시간을 끌었는데도 거장을 피할 수 없었다.

"어때?"

"화면이 예쁘네."

음악인답게 홈시어터를 빵빵하게 설치해서, 저 아래 파밭 할머니한테까지 들릴 것 같았다. 벌건 대낮에 뭔 지랄이냐며 호미를 들고 뛰어오면 어떡하지. 소리라도 줄였으면. 그런데 남편이 너무 진지하게 거장과 마주한 바람에 말을 못하겠다. 무엇에 중점을 두고 보면 저런 눈빛이 될까. 이런 소리를 이토록 입체적으로 듣는 날이 올 줄이야. 몰래 보는 맛도 없이 대놓고 보자니 참 그렇다. 에피소드

하나가 끝나고 다음으로 이어졌다. 작작 좀 해라. 먹을 것으로 더럽게. 그냥 내가 하고 말지 보는 게 더 힘들다. 여주인공의 온몸이 생크림으로 범벅이 됐을 때, 초인종이 울렸다. 징. 징. 징.

"방금 벨 울린 거 아냐?"

"그런 것 같은데."

호미 든 할머니면 당신이 책임져. 그러나 인터폰 작은 화면 속에는 엄태성이 있었다. 저 남자가 왜 또. 남편이 영화를 중지시켰다. 그날, 그가 당장 모텔을 나가더라도 당분간 쓸 여윳돈을 챙겨주고 왔다. 그러나 그는 계속 모텔에서 지냈다. 주인 남자가 가끔 그의 소식을 알렸지만 다시 찾아가는 일은 없었다. 기도원에서 조울증 치료제를 과도하게 투약해 혹시 금단현상은 없는지 슬쩍 물어보기는 했다. 그러나 그런 모습을 밖으로는 보이지 않은 것 같았다. 그는 엄태성이 얌전하게 잘 지내고 있다고 했다. 대신 자꾸 링거를 부탁해 무허가 링거 아주머니를 불러주기는 했다. 계속 피를 씻어야 한다는 말만 반복하더라고. 주로 낮에는 밖에서 모텔 똥개와 놀고, 밤에는 프런트 직원과 비디오를 보며 지냈다고 한다. 그렇게 꼬박 한달이 지나고 또 일주일이 지나 우리에게 나타났다.

엄태성은 소파에 앉기 전에 꿀에 잰 유자차와 위스키

를 내밀었다. 희한한 조합이지만 주기에 일단 받았다. 징글맞은 떡케이크가 아닌 것만도 어딘가.

"집에 가려고요. 인사는 해야 할 것 같아서…… 고맙습니다."

상황에 몰린 인사치레이더라도 그냥 믿고 싶다. 그리고 오늘을 마지막으로 영원히 마주치지 않았으면 좋겠다. 내가 볼 수 없는 곳에서 행복했으면 좋겠다. 자리가 머쓱했던지 엄태성이 유자차와 위스키 조합에 대해 설명했다. 차에 위스키를 조금 섞어 마시면 감기에 좋다고. 엄청난 일을 겪고도 자질구레한 지식과 오지랖은 여전했다. 엄태성이 스스로 만족한 얼굴로 유자차와 위스키를 보았다. 아니, 그것들을 보려다가 옆에 놓인 거장의 CD 케이스를 본다. 왜 와도 꼭 이런 때만…… 그가 급히 일어섰다.

"오늘은 이만 가보겠습니다."

그가 서둘러 집을 나갔다. 이 찜찜한 마지막이라니. 현관에 서서 그가 대문을 나가는 것을 지켜보았다. 얼핏 이전의 명랑함도 보였지만 행동은 조심스러웠다. 얼굴에 난 흉터를 볼 때마다 내가 생각나겠지. 내가 얼마나 싫을까. 우린 그런 사이니까 이제 만나지 맙시다. 푸념 같은 긴 숨을 내쉬고 집으로 들어왔다. 거장의 영화가 다시 이어졌다. 여자가 다시 생크림을 온몸에 바르고 있다. 온더록스

로 위스키 한잔 마시고 곯아떨어진 척이라도 할까. 나는
소파에 앉지 않고 화장실로 갔다.

"당신 안 볼래?"

"손 좀 씻고."

"정지해둘까?"

"괜찮아. 그냥 보고 있어."

들어갈 때나 나올 때나 변함없이 저러고 있을 텐데 정
지는 무슨.

20

마지막 분기 보고서를 제출하고 나면 수능을 마친 수험생 같은 기분이 든다. 나갈 진도도 없는데 학교에 나와 따분하게 시간만 죽이는. 남편은 다시 이층 작업실에서 대부분의 시간을 보내고 있다. 이따금씩 도저히 납득할 수 없게, 이를테면 내가 파밭 할머니들처럼 대충 수건을 머리에 두르고 다니면, 그 모습에 흥분해서 나를 안기도 한다. 그 모습으로 잔디에 물을 준다거나 뭐에 홀려 돌김 한톳을 한꺼번에 굽다 뒤늦게 씩씩대고 있을 때, 여보, 하고 다가와 느닷없이 일을 벌이는 것이다. 은근슬쩍 거장의 영화에서 봤음직한 자세를 시도하는데, 그게 영 어색해서 몰입하기 힘들다. 저기요, 그런 자세 하시면 안 됩니다. 왜요? 척추뼈 부러지십니다. 윗몸을 얼마나 젖히는지 갈비뼈가 피부를 뚫고 나올 것만 같았다. 그게 실제로 하면 되게 이상하다는 것을 모른다. 애크러배틱도 아니고. 남편은 지금도 이층에 있다. 나는 커피를 들고 마당으로 나갔다. 수건을 두르면 또 남편이 내려올까봐 오늘은 하지 않았다. 어느날 수건이 눈에 띄었고 아무 생각 없이 헐겁게 머리에 둘렀는데, 이게 참 좋았다. 바람도 막고 얼굴에 그늘까지 드리우니 봄볕도 살짝 피할 수 있었다. 김 굽다 땀나면 바로 닦고, 몸에 먼지가 붙으면 탁탁 털어낼 수도 있었다. 용도에 맞춰 사용하고 다시 머리에 두르면 되는 수건의 신세계를 발견한 것이다. 할머니들이 그래서 수건을 둘렀구나. 손만 뻗으면 어디든 있는 것이라 종종 애용했는데, 이것이 남편에게는 이상한 쪽으로 먹혔다.

"왜 자꾸 봐?"

"묘하게 잘 어울려."

"모자보다 실용적이고 좋아."

"그런 것 같네."

탁자에 앉아 마당을 살폈다. 요즘은 잔디와 잡풀이 올라와도 잘 깎지 않는다. 봄 풀꽃이 예뻐 그대로 두었다. 땅에서 나온 것 같지 않고 후드득 하늘에서 떨어진 것 같다. 풀꽃의 캐주얼함이 좋다. 벚나무도 꼬마전구 대신 제 꽃으로 화려하게 살아났다. 떨어지는 꽃잎이 예뻐서 하루는 두었다 다음 날 쓴다. 언제까지 떨어지려나. 벌써 식은 커피를 한모금 마시고 휴대전화를 보았다. 전화를 할까 문자를 할까. 시정에게는 아무 때나 불쑥불쑥 연락했는데 갑자기 어색해졌다. 다른 여자를 소개해줄까. 어디 근사한 여자 없나. 너무 오래 전화하지 않아서 상처 받았으면 어떡하나. 고백한 것을 후회할지도 모른다. 내가 끝까지 몰랐다면 전처럼 편하게 장난치면서 지냈을 텐데. 일단 전화를 걸었다. 시정이 다른 때보다 꽤 늦게 전화를 받았다.

"수업 중이라 살짝 빠져나왔어."

"무슨 수업?"

"나 요즘 스탬프 공예 배워."

"그건 또 뭐야?"

"스탬프로 찍어서 카드도 만들고, 예쁜 지갑도 만들어. 잘 배워서 공방 하나 내려고."

"그래, 열심히 배워라. 끊자."

"자기야, 내가 만든 카드, 회사로 보내줄까?"

"뭐라고?"

"나 수업 들어간다."

시정이 전화를 끊었다. 스탬프를 머리에 찍었나. 집에 조용히 가야겠다. 마당을 훑어보았다. 차고 문이 살짝 삐걱거리던데 남편에게 말해줘야겠다. 장식 하나 없는 민둥한 집에서 참 요란하게 살다 간다. 첫 결혼이 워낙 무던했으므로 재결합은 상상도 못했다. 남편이 재결합 신청서를 낸 이유는 여전히 모른다. 그러나 이제 재결합은 없을 것이다. 혹시 남편이 또 하겠다면 내가 노를 하겠다. 충분하다. 백년해로했다고 치자. 그의 전처 서연도 잊지 못할 것 같다. 장난으로 이혼했나 싶을 만큼 괜찮아 보여도 그 사연을 누가 알겠나. 두 사람의 내밀한 합의를 타인에게 이해시킬 필요는 없을 테니. 서연이 조금 더 아파 보여 마음이 좀 갈 뿐이다. 은근 순정파다. 남편을 끝내 자신의 남자로 간직하고 싶어 하다니. 김차장은 그런 서연과 어떤 삶의 형태를 설계했을까. 중도파경 소식이 없는 것을 보면 그런대로 잘 지내고 있나보다. 이제 모두 끝났다. 홀가분하다.

두번째 마지막 밤이다. 다른 건 몰라도 엄태성과 관련한 일은 꼭 인사하고 싶었다. 그런데 남편이, 그거 뭐, 하고 대수롭지 않게 반응했다. 늦은 밤 임신한 아내를 위해 순대를 사 온 정도의 느낌이었다. 때문에 나도 빨리 인사를 마쳤다. 어쨌든 내게는 쉽지 않은 일이었다. 대화에서 타인이 빠지니 우리 둘만 남았다. 딱히 할 말이 없다.

"차고 앞문 삐걱거리는 거 알아?"

"응."

"창고에 전구다발 챙겨뒀어. 올겨울에 혼자 심심하면 트리나 만들어."

"왜 혼자일 거라고 생각해?"

왜 그랬을까. 남편을 맴도는 공허 때문인 것 같다. 사람에 대한 집착이 없다. 오히려 어렸을 때 가지고 놀았던 게임기나 카메라, CD 같은 물건에 애착을 보였다. 이 집이 남편의 안전가옥 같을 때도 있었다. 힘들어 보이지는 않았다. 혼자가 잘 어울리는 사람이다. 이 사람의 쓸쓸함을 방해하고 싶지 않았다. 신경 쓴다고 이층으로 올라가 말을 걸면, 공일공 사오사오 팔이사오, 주민 여러분 안녕하십니까, 해대던 확성기녀처럼 소음만 될 것 같았다. 두툼한 베개 가운데를 폭폭 눌러 편안하게 베고 잘 준비를 했다. 내일 근무를 오전에 마치려면 일찍 자는 게 좋다. 자자. 이불을 끌어올렸다.

"여보, 우리 다음에 또 만나면, 그땐 그냥 같이 살자."

어머, 이 고객님이 또 재결합 신청을 하실 모양이다. 저기요, 고르는 재미가 당신한테만 있는 게 아닙니다. 예술인 남편을 연이어 맞는 게 얼마나 피곤한지 모른다. 예술인은 작품으로만 만나야 한다. 실제로 만나면 대단히 피곤하다. 자유로운 영혼이 아니라 까다로운 영혼을 가진 사람들이다. 이들을 미치지 않게 하려면 어떤 미친 짓을 해도 가만히 둬야 한다. 생불이 돼야 한다. 그런데 또? 상무에게 숨겨둔 에이스 FW 파일을 넘겨주라고 해야겠다. 잘 모르나본데, 상무는 깜짝 놀라게 예쁜 현장근무자를 상당수 보유하고 있다.

"왜 그런 말을 해?"

"자꾸 만나는 게 재밌어서. 우리 전에 클럽에서 만났던 거 당신은 몰랐지? 당신 수능 본 날."

잠깐, 잠깐, 잠깐! 이불을 걷어내고 벌떡 일어났다. 잠이 확 달아났다. 그날 나는, 거기 남자들이 다 떼로 미친놈들 같았다. 그런데 남편이 그 미친놈들 중 하나였다고?

"나도 처음에는 낯이 좀 익다 했을 뿐이야. 파경하고 갑자기 생각났어. 아, 그애였구나. 수능 기념으로 처녀를 뗀다고 했던."

"내가?"

"아닌 거 알아."

우리는 열아홉, 남편은 서른. 우리는 노는 게 뭔지 모르고 놀 때였고, 남편은 알고 놀 때였다. 혜영이 맹랑하게 다가와 춤을 춰도 웃어줄 수 있는 나이였던 것이다. 수능을 봤다기에 우리에게 맥주도 선물했다고 한다. 그랬나. 여하튼 그때 혜영이 나를 지목하며 수능 기념 첫경험을 부탁했다고 한다. 내가 많이 쑥스러워하니까 잘 부탁한다고. 매 시대 어른들에게 십대는 매우 난해한 존재들이다. 조언이랍시고 끼어들어 훈시하면 십중팔구 꼰대로 몰린다. 가만두면 후회할 것은 후회하고 발전시킬 것은 발전시키며 제 위치를 찾아간다. 그러나 수능 기념 섹스는 너무 심했다. 수능의 더께를 첫경험으로 씻어내겠다는 의도는 지나치게 무모했다. 아무리 철부지라도 첫경험을 그렇게 함부로 하면 안 됐다.

"얌전히 놀다 집에 가, 인마."

남편은 그렇게 혜영을 돌려보냈다. 그러나 혜영과 함께한 또다른 남자가 자꾸 나를 보는 것이 혜영이 같은 부탁을 한 것 같았다. 나도 이상해 보였다고 한다. 친구에게 불편한 부탁을 한 애 치고는 너무 태평하게 놀았다. 부탁을 하러 다니는 애한테는 관심도 없고, 마주 보고 있는 애와 천방지축 장난만 쳤다. 수능 뒤의 홀가분함은 읽혔으나 성적 욕구나 긴장감은 전혀 없었다. 그런데 저 애는 왜 저러고 다니나. 친구관계를 왈가왈부할 생각은 없었다. 하지만 어쩐지 내가 위험해 보인 것만은 분명했다고 한다. 남편이 후배를 시켜 다시 혜영을 불렀다. 일단 데리고 나가 집으로 보낼 생각이었다.

"저 애 내가 데리고 갈게."

"네. 근데, 옆에 후드집업 입은 애는 아니에요."

그런 혜영의 말이 후배는 못마땅했나보다.

"옆에 애는 치마 입은 남자냐?"

"무슨 말 하는 거예요!"

"그럼 너라도 따라와."

하는 와중에 내가 혜영의 팔을 잡은 것이다. 혜영이 난데없이 후배의 뺨을 때렸고, 후배가 혜영의 머리채를 잡았다. 직원들이 말리지 않았다면 수능 기념 경찰서 투숙을 할 뻔했다. 열 오른 후배가 방송국 앞까지 따라붙기도 했다. 혜영의 울음소리로 주차장에 숨은 것도 알았다고 한다. 그러나 결국 욕설만 내뱉고 사라졌다. 우리가 천만다행으로 여겼던 상황이다. 혜영은 징징 울어대고, 쫓아온 놈들은 자기들끼리 싸우는지 언성을 높이고, 그 와중에 나는 술기운까지 올라 정신없던 밤이었다. 내가 저들이 싸운다고 여긴 게 아마 남편이 후배를 끌고 가려는 중에 벌어진 충돌인 듯했다. 그런 남편의 존재는 전혀 모른 채, 지금껏 어떤 두 나쁜 새끼들로 기억하고 있었다. 세상참 좁다. 내 말에 남편이 키득키득 웃는다. 그날 내 뒤에서 그런 일이 있었구나. 어쩐지 혜영이 과도하게 사과한다했다. 착한 애였으니까 징그럽게 오래 계속되는 사과에도 그런가보다 했다. 저런 일은 상상도 못했지만 그냥 그날 이후로 혜영이 싫어져 사과도 건성건성 받았다. 알았어,

알았다고. 혜영이 왜 그랬을까. 나는 남자와 몸을 섞는 여자라는 것을 시정에게 확인시켜주고 싶었던 것일까. 사랑참 잔인하고 어리석다. 남편이 묻는다.

"그애는 지금 뭐 해?"

"죽었어."

"아…… 애가 불안하더라. 그때 옆에 있던 애는, 잘 지내?"

"잘 지내. 당신 기억력 되게 좋네."

"당신이 정체불명의 춤을 췄잖아."

"왜 이래. 내가 춤추면 사람들이 나만 봤어."

"그랬겠지. 하하하."

그것이 재결합의 이유였다. 오래전 일이 선명하게 떠오르면서 잠시 돌아가고 싶었단다. 동거와 결혼으로 한 여자의 남자가 되기 전의 자신으로. 힘들었든 괴로웠든 어쨌거나 지나온 날이므로 다시 견딜 필요가 없는 그때로. 아이러니하게 NM이라는 또다른 결혼을 통해야 했지만 한번쯤은 관망하며 즐기고 싶었다. 다시 만난 우리 인연도 남편을 자극했다. 엄태성이 나타났을 때는 헛웃음이 나왔다고 했다. 내 위기 때마다 본의 아니게 자신이 곁에 있는 것이다. 열아홉에 한번. 스물아홉에 한번.

"내 서른아홉에 또 나타나겠네."

"그땐 제발 다른 남자 옆에 있어줘."

"왜?"

"내가 해결하지 못할 일이면 쪽팔리잖아."

이 남자가 귀여운 구석이 있네. 잘하면 십년 뒤에나 볼 것 같은데. 이불을 옆으로 치웠다. 영화보다 실제가 얼마나 센지 보여줄 생각이었다. 남편도 옷을 벗기 시작했다. 좋아, 누가 빨리 벗나 해보자. 내가 약간 늦었다. 남편이 위아래를 홀렁 벗고 내 브래지어를 쑥 올렸다. 빌어먹을, 나는 위에 하나가 더 있었다.

"그때 보내준 것까지 오늘 다 달려주지."

왜 진작 말하지 않았을까. 그랬다면 나도 직업의식과는 좀 다른 감정이었을 텐데. 남편이 오늘은 정말 잘 달렸다. 거장의 영화를 비로소 마스터했나보다. 막 이륙한 비행기에 앉아 있는 것처럼 멍하다. 안정된 비행고도로 올라설 때까지 rpm을 최대로 높인 듯한. 내 몸으로 무엇이 들어온 것인가. 부드럽고 강렬하다. 몸에서 폭죽이 터지는 일이 가능한 거였구나. 사람 살려. 괜찮아? 응. 힘들면 쉬었다가 할까? 아니. 어머, 아윌비백. 남편의 등에서 날개가 펼쳐질 수도 있겠다. 이 천상의 섹스를 마지막으로 우리의 연락처가 바뀔 것이다. 알면서 서로 묻지 않았다. 그런 거 없이 다시 만났듯 인연이면 또 만나겠지. 우리가 그런 인연이라면. 남편이 안정권에 올라서서 수평비행을 시작했다. 안전벨트를 풀고 움직여도 된다. 잠깐, 하고 살짝 빠져나와 남편의 가랑이 사이로 고개를 숙였다. 이 사람이 이걸 좋아하는구나. 진작 말을 하지. 좋아? 되게.

21

출장을 마치고 일주일의 휴가를 받았다. 유급휴가는 아
니다. 업무 복귀를 위한 회복 기간으로만 인정받을 뿐이
다. 아직 시정에게는 알리지 않았다. 시간이 필요하다. 시
정 때문이 아니다. 내 직업에 대한 회의였다. 누가 내게,
당신의 이십대는 어땠나요? 물으면, 대답이 마땅치 않다.
트렁크. 여행이요? 그럴 수도 있겠네요. 좋았겠어요. 글쎄
요. 십대 때 원한 이십대가 아니었다. 벌써 서른이다. 삼십
대를 마치며 또 후회하고 싶지 않다. 내 삶을 꾸역꾸역 구
겨 넣고 다녔던 트렁크를 버려야 한다. 손 안에 꼭 쥘 수
있는 금장단추, 그거 하나면 충분하다.

사직서를 챙겨 회사로 나갔다. 상무는 내가 승진을 염
두에 두고 출근한 것으로 보는 것 같았다. 복리후생을 생

각하면 좋은 자리임은 틀림없다. 회사에 나오니 살짝 머뭇거려진다. 만기파경 뒤에 찾아온 권태로 충동적인 선택을 한 건 아닐까. 막상 사직서를 내려니까 회사가 그렇게 나쁜 것 같지 않다. 어디는 더 좋을까. 게다가 에이스 클래스를 담당했던 부장이 퇴사하고 다른 곳으로 갔다. 핵심 정보를 빼 갔을 텐데 우리 회사가 밀리면 어떡하나. 갑자기 부쩍부쩍 애사심이 생긴다. 전면이 유리로 된 회의실에서 상무가 두 신입과 얘기를 나누고 있다. 애들이 우리 때 같지 않다. 전투력이 없다. 상무가 꽤 중요한 얘기를 하는 것 같은데 듣는 표정이 심드렁하다. 상무와 눈이 마주쳤다. 손짓으로 들어오라고 한다. 어슬렁어슬렁 회의실로 들어갔다. 두 신입이 발딱 일어났다. 상무가 벌써 나를 부장이라고 소개했다.

"반갑습니다. 앉아요."

"앉을 거 없어. 승하씨, 생각해보고 퇴근할 때까지 말해 줘. 알았지? 나가봐."

상무의 지시에 나란히 인사하고 나가는 모습이 귀엽다.

"쟤들 아직도 교육 중이에요?"

"아니, 수습. 근데 저기 키 작은 신승하씨한테 청혼 들어왔어."

"너무 빠르지 않아요?"

아직은 선배들을 통해 간접체험을 하며 자존감을 쌓을 때다.

"장부장이 몇 데리고 갔잖아. 어쩐지 이것들이 하나둘씩 사직서를 내더라고. 대기 부족해서 리스트에 넣었는데 바로 청혼이 들어와버렸네. 걱정이다. 장부장, 스카우트 팀 송상무 라인이었잖아. 그렇게 주시하라고 할 땐 귓등으로 듣더니, 나만 발등에 불 떨어졌어. 잠깐 기다려, 위에 갔다 올게. 나머지는 점심 먹으면서 얘기하자."

상무가 회의실을 나갔다. 회사가 갑자기 박진감 있게 돌아간다. 사직서를 내면 나도 장부장 쪽으로 가는 줄 알겠다. 시기가 참. 일년만 더 다닐까. 일년만 일년만 했던 것이 벌써 칠년이다. 세월 참 빠르구나. 나도 이 회의실에서 교육받았다. 자포자기 심정으로 입사했으므로 네, 알겠습니다, 수긍하며 받은 교육이었다. 현장근무교육이라기에 방중술쯤 배우나 했다가, 상무의 뜻밖의 말에 조금 놀라기는 했다.

"저쪽 팀에서 어떻게 스카우트했는지 나는 몰라. 하지만 스스로 접대부가 되는 순간 잘릴 거야."

회사의 질을 떨어뜨리면 바로 퇴사시킨다는 거였다. 접대부가 필요하면 각종 형태로 존재하는 업소를 찾으면 된다. 결혼이 그것과 다른 것은 섹스가 목적이 아닌, 삶의 일부이기 때문이다. 상무는 유독 그것을 강조했다.

"제가 아는 선배는 그걸 목적으로 결혼했는데요."

"그렇다고 상주 접대부를 들였다고 하진 않잖아."

부부의 섹스는 돈으로 계산되지 않는 행위인 것이다. NM의 결혼과 일반 결혼의 경계가 나뉘는 부분이기도 하다. 이 결혼은 막대한 돈을 필요로 한다. 그 대가로 일정 기간 원하는 형태의 결혼생활을 주도적으로 할 수 있다. 상무가 처음부터 그토록 강조하는 이유는 신입들이 가장 염려하는 부분이기에 그렇다. 어쨌거나 성관계가 존재하므로 불안할 수밖에 없다. 불안이 아주 심할 경우 첫 배우자를 섹스리스로 배정한다. 원하면 퇴사 때까지 섹스 없는 직장생활도 할 수 있다. 섹스리스 그룹은 따로 분류하는데 생각보다 회원이 많다. 간혹 자신의 정체성을 숨겨야 할 경우에도 우리를 찾는다. 이성과 동거하는 모습을 연출하는 것이다. 동거보다 동성애를 더욱 혐오하는 사람들 때문이다. 이 경우에도 섹스는 없다.

여하튼 그런 교육이었다. 우리가 덜 상처 받기 위한 교육. 집에 들어가서 우물쭈물하면 안 돼. 방금 시장에 다녀온 것처럼, 방금 퇴근한 것처럼 행동해야 한다. 남편이 접대부를 고용한 것으로 착각하면 순식간에 눌러야 해. 여보, 이 창문 좀 빼봐, 같은 사소한 말이 가장 효과적이지.

너를 바꾸면 안 돼. 스무살짜리든 백살 노인이든, 지금 너의 모습을 선택한 거니까. 여기는 똑같이 배양한 배우자를 보내는 회사가 아냐. 그리고 절대 사랑하지 마. 그건 다른 곳에서 해라. 상무는 내가 과장이 될 때까지 자신이 학교 선배라는 사실을 숨겼다. 내가 너무 빨리 퇴사하면 쓸데없이 자기 정보만 흘린 모양새가 되기 때문이다. 게다가 나는 학부 직계 후배였다. 그동안 상무가 내 뒤를 봐준 건 잘 알고 있다. 내가 연거푸 노를 사용했을 때도 그렇다. 다른 FW였다면 경위서로는 어림도 없는 징계를 받았을 것이다. 상무가 눈감아준 덕에 무사히 넘겼다. 그러나 다른 상사들이 번히 눈을 뜨고 있어서 승진심사에서는 누락될 수밖에 없었다.

"저쪽 상무 웃겨. 왜 너를 현장으로 뽑은 거야? 지 후배들은 거의 내근이라니까. 지가 그러면 나는 가만히 있니? 개 후배들 다 고산지대로 보낼 거야."

에이스 중 제일 진상을 우리끼리는 고산지대라 불렀다. 상무는 그렇게 나를 아꼈다. 그래서 기도원 일에 더욱 실망이 크다. 마지막까지 좋은 선배로 남았으면 좋았을 것을. 첫 출근을 회의실로 했는데 끝도 회의실에서 맺는다. 김차장에게 문자를 보냈다.

—선배, 나 오늘 사직서 내요.

─가는구나.

─올해는 꼭 승진하세요.

─회사가 지랄이잖아. 잘 살아라.

유대리에게도 문자를 보냈다.

─나 오늘 퇴사한다.

─그럼 집으로 가시는 거예요?

─응. 창문이 너무 크면 여름에는 덥고 겨울에는 추워.
알지?

─네. 그동안 고마웠습니다.

─월급 줄었다고 아버지가 찾아온 건 아니지?

─왔었는데, 상무님이 잘 처리해주셨어요. 통장이랑
도장, 현금카드 다 놓고, 다시는 찾지 않겠다는 각서까지
쓰고 가셨더라고요.

─그랬구나. 시원하니?

─아직은 잘 모르겠어요.

─그렇겠다. 출장 잘 마쳐라.

회의실을 나와 상무의 자리로 갔다. 책상에 사직서, 사
원증, 회사에서 받은 휴대전화를 함께 놓았다. 잘 지내다
갑니다. 건강하십시오.

그동안 잘 살았는지 못 살았는지는 시간이 좀더 흘러

야 알 것 같다. 후회되는 삶이 모두 잘못 산 건 아닐 테니까. 사람을 많이 겪다보니 살짝 너그러워진 것 같기는 하다. 어머니에게 안부쯤은 묻는 딸이 된 것만 봐도 그렇다. 잘못이 잘못인 줄 모르는 사람에게 용서가 가능한가. 어머니에게는 나 또한 내 잘못을 모르는 딸일 수 있다. 우리는 영원히 이해받지 못하고 용서하지 못한 채로 살아야 할지 모른다. 나와 어머니의 사랑은 형태가 전혀 달랐다. 대학 때, 짝사랑했던 학보사 선배 때문에 나도 덜컥 학보사로 들어갔다. 선배와 어떤 것으로 뭉쳐진 느낌이 좋았다. 말이 좋아 기자지 기획부터 제작은 물론 선배들 식사까지 챙기며 온갖 허드렛일을 다 했다. 기강은 얼마나 센지, 모여라 하면 군소리 없이 모여서 마셔라 하면 찍소리 않고 마셔야 했다. 사랑이고 나발이고 욕을 입에 달고 살 때쯤 선배와 가까워졌다. 선배가 내게 키스를 했고, 우리는 곧 연인이 되었다. 어머니의 반대도 상관없었다. 내 남자를 어머니 취향에 맞추고 싶지 않았다. 일반적인 결혼식도 큰 의미 없었다. 선배 자취방에 내 물건이 놓이는 것만으로도 좋았다. 둘만의 결혼식을 며칠 앞두고 선배가 사라지기 전까지, 정말 행복했다.

"내가 보냈다."

어머니는 그가 사라진 것을 자신의 성과처럼 여겼다.

처음부터 부딪혔던 난관이었다. 우리는 그것을 넘었고, 앞으로도 그러할 자신이 있었다. 가란다고 갈 사람이었으면 애초에 시작도 안 했을 것이다. 이유가 있을 터였다. 그가 사라진 마당에 어머니와 언성을 높이고 싶지도 않았다. 천부적인 정체성을 자신이 옳다 그르다 판단할 자격이 있다고 생각하는 어머니의 오만함이 내 혀를 뽑아버렸다.

"걘 이것도 저것도 아니고. 더 더러워."

"더?"

"남자끼리 몸 섞다 와서 내 딸 만지는 거, 용서 못한다."

"남자끼리 몸 섞는 거 잘 아나봐? 어떻게 섞는데 더러워? 근데 나도 다른 데로 들어오는 걸 더 좋아해. 엄마 딸이 그래. 그러니까 남한테 함부로 말하지 마."

내가 선배의 첫 여자였으므로, 그는 나를 만나고 양성애자가 되었다. 나 때문에, 어머니가 말하는 더 더러운 사람이 된 것이다. 선배는 나를 만나면서 또다시 혼란을 겪었다. 친한 친구가 있는 게이 클럽에도 발을 끊었다. 그쪽에서도 고운 시선을 보내는 것 같지 않았다. 그런 식이면 이성애자들의 편견과 다를 게 없다고 내가 따졌지만, 그 세계에도 분명 차별이 있었다. 선배가 떠난 것이 더이상 나를 사랑하지 않아서거나, 어머니의 반대 때문은 아니라고 생각한다. 그는 늘 자신을 찾고 싶어 했다. 그 여정이 길어지고 있나보다. 소망한다. 언제라도 찾아와 이제 좀 알겠다고, 그때 그렇게 떠난 게 귀엽지 않았냐고, 웃는 얼굴로 말해주기를. NM을 선택한 건 장기출장 때문이었다. 직장생활을 이유로 어머니와 매일 마주하지 않아도 된다는 것이 마음에 들었다. 어머니도 반대하지 않았다. 선배만 아니면 뭐든 괜찮은 것 같았다. 나도 어머니만 아니면 뭐든 괜찮았다. 이제 회사를 떠난다. 내게 좀더 집중하며 살고 싶다. 집에 들어가기 전에 시정에게 전화를 걸었다.

"스탬프 공예 잘돼가냐?"

"나 요즘 가방도 만들어."

"그럼 나하고 공방 차리자."

"회사는?"

"오늘 그만뒀어."

"잘됐다. 제본 앨범도 스탬프로 꾸미면 훨씬 예쁠 거야. 나 지금 리본공예도 배우는데, 공방에서 선물상자도 포장하자. 너 그럼 오늘 집에 있겠네?"

"끝나고 와."

"내가 만든 작품 가지고 갈게. 사랑해."

애가 미쳤나. 시정이 또 먼저 전화를 끊었다. 괜히 같이 공방을 하자고 했나보다. 옆에 떡 붙어 있을 생각을 하니 벌써 걱정이다. 답 없는 애다. 퇴직금은 얼마 안 되지만 모아둔 돈을 합하면 공방 하나는 낼 수 있겠지. 공방 하다가 안 되면 떡이나 만들라 하고, 떡도 안 되면 웹툰을 그리라고 해야지. 그것도 안 되면? 그건 나중에 생각하자. 시정이 분명 그사이에 뭔가를 또 배울 것이다.

시장을 봤다. 시정이 닭고기를 좋아해서 찜닭을 할 생각이다. 청포묵도 좋아하니 같이 하면 둘이 푸짐하게 먹을 수 있겠다. 장바구니를 들고 슬쩍 옆집을 본다. 조용하다. 누가 살고 있을까. 며칠은 할머니에게 받은 임무 수행을 위해 자주 벽에 귀를 댔다. 박나 안 박나. 그러나 못질은커녕 말소리도 들리지 않았다. 적어도 초상날 일은 없겠다. 도어록 비밀번호를 누르고 들어갔다. 신발장 앞에 내놓은 트렁크가 장바구니에 밀려 앞을 막았다. 버린다 버린다 하면서 여태 두었다. 이 트렁크는 NM보다 어머니를 먼저 떠올리게 한다. 수습을 마치고 잠시 흔들렸을 때도, 어머니가 이 트렁크를 들게 했다.

"진창에 빠졌던 거야. 더러운 게 묻을까봐 손도 내밀고 싶지 않은 진창. 엄마니까 한 거야. 직장생활 하다보면 알 거다. 거기서 남자 여자가 어떻게 만나는지 잘 봐."

진창으로 매도된 사랑에 두번 생각할 것도 없었다. 예상보다 긴 시간이었다. 시간이 갈수록 NM 밖으로 나오

는 게 힘들었다. 나갔다가도 곧 돌아와 빈 책상의 OFF 푯
말을 ON으로 바꿀 것만 같았다. 주변 사람들은 늘 내가
만나는 사람만 중요시했을 뿐, 행복하니? 하는 질문은 누
구도 하지 않았다. 당연 내 불행 따위에도 관심이 없었다.
나는 그렇게 사는 게 힘들어요, 항변해도 소용없었다. 네
가 뭐가 부족해서? 어쩌면 그런 무심함에 화가 났던 것도
같다. 괜히 버럭버럭 화를 내서 나만 더 힘들었던 것 같
기도 하고. 벌써 서른이다. 아직 서른에 대한 감각이 손에
딱 잡히지는 않는다. 하지만 뭐랄까, 어쩐지 유연한 탄력
이 느껴진다. 왜요, 난 이렇게 사는 게 좋은데. 그땐 왜 이
렇게 유연하게 대응하지 못했을까. 이제는 좀 잘 살아야
겠다. 닭부터 한소끔 끓여냈다. 그런 뒤 맑은 물에 헹구어
통감자와 함께 다시 불에 올렸다. 시정이 알려준 닭 비린
내 없애는 비법이다. 가만, 당면이 어디 있더라. 물에 불려
야 하는데. 일단 양념장을 풀고 서랍장을 뒤졌다. 처음 해
보는 요리라 신경이 많이 쓰였다. 청포묵은 언제 무치나.
시정은 동시에 여러개도 척척 하는데 나는 한번에 하나도
힘들다. 아차차, 밥, 밥, 밥! 밥을 안 올렸다. 얼른 쌀을 폈
다. 리본공예 교실이 어디에 있다고 했더라. 내키면 퀵서
비스 오토바이라도 타고 올 애다. 도착하기 전에 말끔한
상을 차려두고 싶다. 그런데 그때 초인종이 연속해서 울

렸다. 얘 정말 전용 헬기가 있는 것이 아닐까. 개수대에 양푼을 내려놓았다. 잠깐만! 외치고, 얼른 냉장고에서 맥콜을 꺼내 식탁에 두었다. 놀랄 거다. 시원하게 마셔라. 우리도 예뻤던 그때로 잠시 돌아가자. 맥콜, 이번에는 내가 준다. 서둘러 현관으로 나갔다.

"번호 알면서 왜……"

떡케이크. 한뼘쯤 열린 문 사이로 바닥에 놓인 떡케이크 상자가 보였다. 사람은 없고 노란 포스트잇이 붙은 떡케이크 상자뿐이었다. 나는 그게 궁금한 거야. 왜 내가 싫은지. 갈겨쓰지 않은 정갈한 글씨였다. 미친 새끼. 서둘러 문부터 걸어잠그었다. 몸에 기운이 쏙 빠졌다. 허적허적 뒷걸음질 치다 발이 트렁크에 걸렸다. 본능처럼 트렁크 손잡이를 잡았다. 어떡하지. 전남편과 시정이 동시에 떠오른다. 그에게로 가면 안전할까. 시정에게 먼저 전화를 해야 하나. 나는 왜 이렇게 무기력한가. 구역질과 함께 현기증이 일었다. 사위가 하얗게 뭉개지고 혼미한 고요가 찾아왔다. 내가 그토록 원했던 고요가 그렇게 나를 덮치고 시야를 깨뜨렸다.

새로 쓴 작가의 말

개정판을 준비하면서 보관해두었던 초판본을 꺼내 읽었습니다. 2015년. 꼭 9년 전이었습니다. 마치 9년 전에 담근 장의 항아리 뚜껑을 여는 기분이었습니다. 표현이 적절한지는 모르겠으나 어쩐지 글이 익은 듯한 느낌 때문이었습니다. 그때의 저는 풋풋한 패기로 소설을 써서 책에 담았습니다. 여전히 그럴 것이라 짐작하고 첫 장을 펼쳤는데, 9년 숙성된『트렁크』는 그때의 풋풋함과는 다른 농도의 결과 맛을 냈습니다. 이렇듯 소설의 맛이 새로워진 건 그간 세월의 풍속을 거치면서 공감과 해석이 달라졌기 때문이겠지요. 신간은 새 작품을 내는 것이라면, 개정판은 숙성된 작품을 내는 것이라 하겠습니다. 같은 작품을 발표함에도 떨림이 다른 이유입니다. 모쪼록 독자분들께 읽는 맛이 좋은 소설이었으면 합니다. 사랑합니다.

새 책을 위해 애써주신 전성이 부장님, 편집자 김가희 씨, 그리고 디자이너분들과 창비 관계자분들에게도 감사 드립니다. 덕분에 독자분들께 한 걸음 더 다가갈 수 있었습니다. 고맙습니다.

2024년 가을

김려령

작가의 말

후기를 쓸 때면 제가 독자들께 성큼 다가가는 기분이 듭니다. 소설과 달리 육성을 그대로 드러내는 공간이기에 그런 것 같습니다. 오랜만에 만난 지인처럼 반가운 마음으로 잘 지내시는지 묻고 싶고, 또 제가 어떻게 지내는지 이야기하고 싶기도 합니다. 그래서 이번에는 소설 이야기 대신 요즘 저의 모습과 생각을 전하려 합니다. 작품을 준비하는 내내 가졌던 생각인데 이제야 이곳에 글로 옮깁니다.

며칠 전 쉰 깍두기를 갈아 청양고추를 올려 부침개를 했습니다. 지난겨울 무가 좋아 욕심내고 잔뜩 담아 아직까지 남은 탓입니다. 인터넷으로 찾은 깍두기 활용법인데, 반죽에 고추장을 약간 넣으면 맛이 더 좋습니다. 김치

전과 장떡 사이의 맛이 납니다. 갈린 무를 씹는 식감도 좋습니다. 저도 처음 해보지만 아이들 역시 처음 보는 전이라 젓가락을 들고 한참을 봅니다. 이럴 땐 손으로 쭉쭉 찢어 일단 입에 넣어줘야 합니다. 안 뜨거워? 묻습니다. 뜨겁습니다. 그런데 새끼 입으로 들어가는 거면 뜨겁지 않은 것이 됩니다. 어때? 하고 물으니 괜찮다고 합니다. 잘먹는 모습이 예뻐 쟁반에 수북 쌓이도록 부쳤습니다.

어느 가정에서나 볼 수 있는 흔한 모습일 것입니다. 그러나 2014년 4월 16일을 기점으로 이런 소박한 일상이 사라진 가족들이 있습니다. 산 자와 죽은 자와 실종된 자의 가족 들 모두 그전의 일상으로 돌아갈 수 없습니다. '세월호'가 입힌 상처가 너무 깊기 때문입니다. 침몰하는 배를 보면서도 구조하지 못했습니다. 일년이 지나도록 사고원인조차 알 수 없습니다. 왜. 이 당연한 질문에 대한 성실한 답을 아직도 듣지 못했습니다. 우리는 합리적이고 명확한 답이 나올 때까지 계속 질문해야 합니다. 원혼을 향한 예의고 도리이며, 남은 자들이 살 수 있는 길입니다. 원혼은 달래야지 억지로 묻고 감추는 게 아닙니다. 이분들이 꿈에서라도 가족들과 마음 편히 밥 한술 먹는 날이 오길 간절히 기원합니다.

이 작품은 여느 때보다 조금 힘들었습니다. 창비 문학 출판부의 격려와 도움이 없었다면 거친 원고 상태로 제 컴퓨터에만 남았을지 모릅니다. 호탕하면서 예리한 편집자 박준씨, 속삭이듯 슬쩍슬쩍 코멘트를 준 선영씨, 든든한 박신규 부장님, 그리고 무엇보다 책으로 만날 독자분들, 모두에게 제 마음을 전합니다. 사랑합니다.

2015년 봄
김려령